NF文庫
ノンフィクション

航空巡洋艦「利根」「筑摩」の死闘

付・戦艦の戦い

豊田 穣

潮書房光人社

『航空巡洋艦「利根」「筑摩」の死闘』目次

航空巡洋艦「利根」「筑摩」の死闘

航空巡洋艦「利根」「筑摩」の死闘

敵機発見！

「敵偵察機ラシキモノ、二機、右三七〇《さんななまる》（三万七千メートル）！」

　艦橋右舷見張員の金子大三郎一水（一等水兵）が若々しい声を張り上げた。

　続いてベテランの高橋進二等兵曹が、

「敵ハ、我ガ方ニ触接中ノ模様！」

　と十八センチ大双眼鏡で観測した様子を報告する。

「対空戦闘！」

「筑摩」艦長の古村《こむら》啓蔵大佐が重々しい声で命令する。ラッパがけたたましく鳴った。

　続いて、
　砲術長の北山勝男少佐が、

「右対空戦闘！　目標、触接する敵の偵察機」

と下令する。

「右舷高角砲指揮所にいた高射指揮官の新宮忠次中尉は、

「右舷高角砲射撃用意！」

を指令した。

しかし、何分にも三万七千では遠すぎる。

砲術長はどうするのだろう？　といって敵に位置を知られた以上は、これを撃墜しないと機動部隊が危ない。艦橋中央右寄り後方に立っていた航海士の松田宏少尉が首をひねっていると、古村艦長が意外な命令を出した。

「主砲、砲撃始め！」

あたりには敵艦はいない、したがって砲撃の相手は、はるか水平線に近い断雲の間を飛んでこちらの様子をうかがっている偵察機しかいない。艦長は二十センチ砲につめてある三式対空弾（空中で炸裂すると小鉄片が飛散して周辺の飛行機を一掃する特殊砲弾）で、この飛行機を撃ち落とそうというのである。撃ち落とさぬまでも追い払おうというのであろう。

すでにこの日、昭和十七年十月二十六日、午前五時二十五分、空母「翔鶴」「瑞鶴」「瑞鳳」の第一航空戦隊から零戦二十一機、艦爆二十一機、艦攻（雷撃機）二十機、計六十二機から成る攻撃隊が発進していた。めざすは米空母エンタープライズ、ホーネットである。エンタープライズは、この年六月五日のミッドウェー海戦で「赤城」「加賀」「蒼龍」に命中弾を浴びせた憎い奴、ホーネットは、このほか、四月十八日の東京空襲にも加わった仇敵であった。

真珠湾攻撃以来、つねに機動部隊と行動をともにし、前衛をうけたまわってきた八戦隊「利根」「筑摩」二隻の重巡洋艦の士気は、いやが上にもあがっていた。

加うるに、十月二十日から機動部隊は、ガダルカナル島の陸軍総攻撃と呼応して、敵機動部隊と雌雄を決すべくソロモン群島東方海面南下を命じられていたが、総攻撃が遅延したため、海上の決戦も遅れ、八戦隊もいらいらしていた。そこへ本朝、索敵機から「敵空母見ユ、〇四五〇」という発見電が入り、午前五時二十五分の第一次攻撃隊に続いて六時十分、零戦九、艦爆十九、艦攻十六、計四十四の第二次攻撃隊を発艦させていた。

以上のような状況を考えて、古村艦長は「筑摩」乗員の士気を鼓舞するため、主砲発射を命令したものである。

そこにはたんに小癪な触接機を撃墜しようという実利的な目的のほかに、航空部隊の進撃と呼応して、重巡部隊も気勢をあげようという意向が盛られてあった。

「筑摩」の主砲は二連装四砲塔、計八門が、すべて前甲板に装備されてあるという特殊設計で、世界にも類をみないユニークなものである。後甲板は六機の水上偵察機専用となっており、このため、〝航空巡洋艦〟という異名を奉られていた。

「発射用意、撃て！」

大きく右に旋回した八門の二十センチ砲が火を吐く。

艦橋左寄り後部、旗甲板に近い位置に占位した鷲尾清吉少尉は、主砲発射のものすごい震動に堪えながら、腕時計を見た。すでに午前七時である。ソロモン東方海面では東京より日出が早いので、夜は完全に明け放たれて、東方に昇った朝日が海面にまぶしい。

——さあ、主砲の弾丸が三万七千遠くの飛行機に当たるかな……。

そう考えたが、左舷からは右舷の飛行機は見えない。

——それよりも、今日は必ず来る。敵機がこの「筑摩」に来るな……。

鷲尾少尉はそう考えると、武者ぶるいした。少尉といっても彼は兵士から叩き上げた特務少尉で、松田航海士のような海軍兵学校出の若い士官ではない。日本海軍を支えている超ベテランで、この艦の配置は掌航海長、戦闘配置は、見張りのほか、艦長と機関長をつなぐ伝声管の連絡係であった。

「筑摩」は、僚艦「利根」とともに十六年十二月八日の真珠湾攻撃以来、同月、ミッドウェー島の制圧、四月ジャワ、インド洋、六月ミッドウェーと、つねに機動部隊と行動をともにし、その前衛と索敵に任じてきたが、大きな被害をこうむったことはない。しかし、この日は八月七日に始まったソロモン方面戦闘の決戦であるだけに、激しい戦いが予想された。いつ死んでもよいように、鷲尾少尉は、海軍独特のふんどしも新しいものと換えて艦橋にのぼって来たのである。

同じ頃、左舷高角砲指揮所では、山内敬夫《ゆきお》少尉が十二センチ双眼鏡に眼をあてて、西の空を睨んでいた。右舷の方では早くも飛行機との戦闘が始まったらしい。しかし、本格的な敵攻撃隊との決戦はこれからである。

第一次攻撃隊が発進したのが午前五時二十五分であるから、ほぼ同じ頃敵も発進したとみて、彼我の距離約二百十マイル（三百八十九キロ）ならば、時速百四十ノット（二百六十キロ）で飛ぶとして、当方着は一時間半後のほぼ七時である。してみると、もうそろそろ敵の爆撃機や雷撃機が水平線上に姿を現わしてもよい頃であった。

山内少尉は航海士の松田少尉と同じく海兵七十期生で、本艦では一番若い兵科士官であった。松田はこの「筑摩」で真珠湾やインド洋を経験しているが、山内は今回が初めてである。それだけに敵の来襲が待たれるのであった。

「筑摩」被弾す！

重巡「利根」「筑摩」の八戦隊は、東に向かって時速三十ノット（一ノットは時速一・八五二キロ）の高速で航走していた。

この日（二十六日）早朝、敵機動部隊を東北東二百十マイルの地点に発見という報が入ったのが五時半、第一次攻撃隊発進の報を聞くや、旗艦「利根」に座乗する八戦隊司令官原忠一少将は、決然として「針路九〇度（真東）」を下令した。

エンタープライズ、ホーネットの敵空母に肉薄し、味方飛行機隊によって傷ついた敵空母に砲撃、魚雷戦をもって止めを刺そうというのである。日本軍には優秀な砲戦の技術があり、また魚雷発射管には航走距離二万四千メートルを誇る九三式無気泡酸素魚雷が装塡してあった。

かつまた、お得意の水偵（水上偵察機）を飛ばして敵機動部隊の内状を探り、これを味方空母に通報し、あるいは、帰艦途中で被弾のため海上に不時着する味方飛行機を救助するという役目も抱いていた。

午前七時、八戦隊は「筑摩」「利根」の順で、間隔一万二千メートルで東へ進んでいた。旗艦の「利根」が二番艦になるのは少しおかしいが、これはこの日午前二時すぎ、ガダルカナル島東方二百五十マイルの海面で、索敵機をカタパルトで射出した後北方に反転したために起こった隊形の変化によるものである。

この艦隊運動のため、「筑摩」は前衛四艦（他に「長良」「鈴谷」あり）のうち最も東を走ることになり、ここに大被害をこうむる原因をつくることになった（米飛行隊はこのため、「筑摩」を艦隊旗艦と錯覚したのである）。

午前七時五分、阿部司令官は決戦間近しとみて、「八戦隊速力第五戦速（三十三ノット）」を命じた。

二隻の航空巡洋艦は、最大戦速（三十五ノット）に近い高速で、ソロモン東方、南太平洋の青い水に白浪をたてて東進する。決戦場は近い。

果然、七時六分、

「左五〇度、敵艦攻（雷撃機）多数、コチラニ向カウ！」

と左舷見張員の沢内金之助三等兵曹が声を張り上げた。

――来たか！

鷲尾掌航海長が双眼鏡をそちらに向けてみると、すでに水平線よりかなりこちらを、十機ほどのアベンジャー雷撃機が、海面を這うようにしてこちらに向かって来るところである。左舷高角砲指揮所にいた山内少尉は、自分のほぼ計算どおりに敵機が現われたことに、満足しながらも緊張した。

「左舷ノ敵機、距離一一〇（一万一千メートル）」

測距員からの報告を聞くと、古村艦長は、

「主砲、高角砲、砲撃始め！」

を下令した。

こんどは高角砲も撃てる。しかも左舷である。

勇躍した山内少尉は、ただちに、

「左砲戦、左五〇度の敵機、射撃用意！」

を命じて、少し考えた。

一万一千は、十二・七センチ高角砲の射程以内であるが、命中率をあげるには少々遠すぎる。加うるに、敵は海面を這って来るので、水平射撃に近くなる。もう少し引きつけて撃ちたい。

そう考えていると、艦橋上、檣マストのトップ主砲指揮所にいる砲術長の、

「撃ち方始め！」

の声が響き、こんどは主砲から八発の三式対空弾が西の空に飛んで行った。

こうなってはは負けてはおられない。何といっても敵の飛行機を追い払うのは、高角砲の役目である。

ついに山内少尉も、

「高角砲撃ち方始め！」

を下令した。

左舷八門八発の十二・七センチ砲弾が、北の水平線の方向めがけて飛んでゆく。

艦橋では古村艦長が、そして主砲指揮所では方位盤射手の小間嘉吉少尉が、双眼鏡に眉毛をすりつけて砲弾の弾着を見届けようと懸命である。

やがて、敵編隊の近くに、三式弾の炸裂する白煙が認められた。一機が横転したようになって墜落してゆく。

さらに、八発の高角砲弾が炸裂し、また一機が墜落した。

しかし、残る八機は執拗に八戦隊、それも「筑摩」をめがけて殺到して来る。

古村艦長は、敵雷撃機がそろそろ雷撃針路に入ると思われた頃、

「取舵一杯！」

を下令して、「筑摩」の針路を敵編隊の方向に変針した。これが一番よい回避の方法である。

果たして、八機のアベンジャー雷撃機は、思い思いに変針して、「筑摩」の胴腹に指向する針路を求めて魚雷を発射したが、すでに距離がつまっており、一発も命中するものはなかった。

その頃、中甲板の応急指揮所から、副長の広瀬貞年中佐が打ち合わせのために、艦橋に上がってきた。敵襲近しとみて、細部について指示を仰ぎに来たのである。副長は戦闘時は応急指揮官といって、防火防水、被害局限の作業に任じるのである。

敵機を回避し得たので、古村艦長は、

「撃ち方止め！」

を下令し、艦隊は速力を第三戦速に落とした。

艦橋中央近くで、雷撃の様子を見守っていた松田航海士は、ほっと一息つくと急に腹が減ってきた。この日は、未明から索敵機発進などのため、艦橋当直についており、まだ朝飯を食っていない。下部の主計科に行って握り飯でも食って来ようかと、艦橋左舷後部のラッタル（階段）を降りかけると、「対空戦闘！」のラッパがけたたましく鳴った。

――ほい、また敵さんか。朝飯は抜きだな……。

松田少尉は、とんぼ返りで、艦橋にもどった。高角砲、機銃に「撃ち方始め」が下令された。入れかわりに、艦長との打ち合わせを終わった広瀬副長が、このラッタルを降りにかかった。鷲尾掌航海長は、

——応急指揮所に行くのなら、艦橋中央のラッタルを降りればよいのに、なぜこちらを使うのかな?
と考えながら副長を見送っていた。

艦橋の中央ジャイロ・コンパスの後ろには、航海長沖原秀也中佐が頑張っている。沖原中佐は松田が兵学校当時の教官である。いつも面白いことを言って、生徒を笑わせるユーモラスなところがあった。(註、筆者は松田少尉より二期上級であるが、やはり沖原少佐〈当時〉が教官で、遠泳のときなど、泳いでいる生徒が小便が出ないというと、「なに、少しプレッシャーをかければディスチャージできるよ」などと英語を使ってみせる癖があった)

沖原航海長は、もどって来た航海士をみて、

「なんだ、朝飯はだめか」

と笑いかけた。高角砲、機銃の激しい発射音が聞こえた。

松田も笑いかえそうとした。

そのときだ。頭のはるか上方で、ゴツン! とかなり激しい衝撃があった(トップの主砲指揮所に千ポンド〈四百五十キロ〉爆弾が命中し、このために北山砲術長以下所員は全滅した)。間髪を入れず、艦橋後部に大きな衝撃があった。

バガーン!

という音とともに、あたりが紅と黄色に燃え、巨人の掌のような爆風にあおられて、松田

少尉はその場に倒れた。

倒れたのは彼だけではない。古村艦長も、水雷長の山口栄治大尉、主計長飯倉重任主計大尉も、通信士小川勝予備少尉（商船学校出身）もである。

そして掌航海長鷲尾少尉も同様であった。彼は敵の爆弾が直撃したすぐ近くに立っていたのであるから、助かったのが不思議なほどである。

このとき彼は不思議な経験をした。

「筑摩」の高角砲が撃ち方を始めたとき、副長の広瀬中佐が背中を丸くしてラッタルを降りつつあった。そこへ爆弾が直撃して、あたりがオレンジ色に燃えた。倒れた彼が手すりにつかまって立ち上がろうとしながらラッタルの方を見ると、副長の姿は見えなかった。あたりには白煙が拡がり、刺激性の強いガスで眼やのどが痛い。何度、目をこすっても、副長の姿は見えない。ラッタルに肉片と血の魂がこびりついているのみである。

艦橋左舷後部、旗甲板の近くに水雷指揮所がある。ここに立って魚雷戦の用意をしていた山口水雷長もひどい打撃を受け、原形を止め得ないまでになってしまった。後に被害報告を書くとき、このように直撃を受けて破損の甚《はなは》だしい場合「全身粉砕」と報告された。

同じく、艦橋後方で戦闘記録をつけていた主計長付の深川義彦主計中尉も全身粉砕である。

また、艦橋後部にいた飛行長斎藤仁大尉も全身粉砕となっている。松田少尉が後に聞いたところによると、斎藤大尉は、水偵の上で発進を待っているところに被爆、飛行甲板にはねとばされた。損傷が甚だしいため、判別がつきにくい。ただし、頭髪を伸ばしていた。当時「筑摩」の士官で頭髪を伸ばしていた人は二人で、他の一人は健在であったので、倒れていたのが斎藤大尉と判明した由である。

この日、古村艦長は二回倒れた。

一回目は、前述の艦橋左舷に一弾命中で、これが午前七時二十六分である。このとき「筑摩」の針路は東で、敵のダグラス・ドーントレス急降下爆撃機は、まず、南西から三機、続いて南東から九機が、高度五千から突っ込んできた。松田少尉が朝飯を食いにラッタルを降りようとしたときは、すでに降下中であったと思われる。先に雷撃隊を回避したので、「筑摩」の見張員は、海面の方に気をとられていた。

これは人間の心理としてはよくあることで、ミッドウェーのときも、相つぐ雷撃隊の回避で気を使い、やっと終わったと、ほっとしたところを上空からの急降下爆撃にやられたのである。

第一回目の艦橋左舷後部爆撃命中のとき、爆風は艦橋右舷前部にいた古村艦長の左後方から来た。ところが、艦長は前方に倒れずに、後方に倒れた。これは不思議なことであるが、爆風というものは舞うものらしい。艦橋のなかをひと回り舞ったのかも知れない。したがって、その被害はかなり気まぐれともいえる。

ジャイロ・コンパスの三十センチほど左後ろにいた松田少尉が倒れたのに、すぐ右にいた沖原航海長は無事で立っていた。これは、松田が爆風よけの代わりをしたためかも知れない。彼の体には無数の弾片が入りこみ、三十七年たった現在も、かなりの数が残っている。

また、艦橋左舷前部に立っていた佐部鶴吉大尉も無事であった。彼は九月末まで水雷長であったが、転勤命令が出たので、水雷長を山口大尉に譲り、艦長付兼、対空指揮官補佐官として艦橋に立っていたものであるが、爆風がよけて通ったのか、生き残った。

いったん倒れた古村艦長は、むくむくと起き上がった。頭がジーンとセミの鳴くような音を発している。

——いかん、こいつは頭に穴があいたかな？

と思って、手をあててみたが、頭からの出血はない。鼓膜が破れただけで、四肢も健全である。

古村は気をとり直すと、艦橋と主砲指揮所の被害を調べさせた。意外に被害は大きい。艦長のすぐ後方では、艦長付通信士の小川勝予備少尉が倒れて呻いている。腰に大きな弾片を受けたのである。（註、彼はトラック帰投後、死亡した）

トップの主砲指揮所もほとんど全滅である。

艦橋で生き残ったのは、艦長、航海長、航海士、掌航海長、鈴木光一主計中尉ら十名たらずである。

古村は水雷科のことを憂慮した。山口水雷長をはじめ、水雷士池田実兵曹長ほか一等兵曹四人を含む水雷科の幹部が全滅である。このままでは魚雷戦は不可能である。この上敵機の攻撃が「筑摩」に集中するならば（「利根」は無傷のようである）、爆発尖（頭部）をつけたまま発射管に収まっている十二本の魚雷を抱いたまま、二百マイル近く離れた敵の機動部隊を探して走り回るのは危険である。

咄嗟《とっさ》の間に艦長は魚雷を海中に投棄することを考えた。貴重な酸素魚雷であるが被害局限上、止むを得ない。最近まで水雷長であった佐部大尉に水雷長代理としてその実施を命じたが、案の定、彼は大反対である。それはそうであろう。魚雷を投棄してしまったら、水雷長としてはお役御免になったも同然である。

しかし、そのとき、生き残った見張員が負傷をこらえて、

「右三〇度、敵機突ッ込ンデ来ル。高度三〇《さんまる》（三千メートル）！」

と声を張り上げた。

もう猶予はできない。

「佐部大尉！　艦長命令だ。やれ！」

これで佐部大尉も腹を決めて、魚雷の投棄をはじめた。シュー、スポリ、シュー、スポリと十二本の魚雷がつぎつぎに海に水煙をあげる。まだ成長しきらない子供を墓場に送るようで、何ともやり切れない気持である。

――ああ、魚雷があさっての方に走ってゆきよる……。

一番連装発射管射手の大塚正一等兵曹が呻くように言った。舞鶴の港を出るときから整備調整を手がけてきた魚雷が、行くあてもなく発射されて海中を捨子のようにさまようのは、わが子を見殺しにするよりも辛いであろう。

「せめてな、魚雷の行く先に、敵の艦隊でもいてくれたらな……」

同じく一番連管の旋回手である木原敏夫二等兵曹も、そう言って嘆いた。

日本海軍が誇る九三式酸素魚雷は、二万四千メートルの航走距離を誇っている。これが普通の艦隊決戦で、敵が水平線に見えていたならば、まぐれでも命中する可能性がある。しかし、「筑摩」は北東に向いて走っており、十二門の魚雷発射管は右舷、つまり南東に向けて魚雷を吐き出していた。左舷に向けて発射すると、十数キロ後方にいる味方の機動部隊の空母に命中するおそれがある。魚雷は発射後まもなく沈下するように調定されているが、それでも緊急のさいであるから、万一の危険は避けたい。

発射管の向いている南東方向にはアメリカの機動部隊がいるかも知れぬ。しかし、距離は二百十マイルである。いかに酸素魚雷といえども到達は無理である。

魚雷は二人の兵曹をはじめ、水雷科員の嘆声をあとに、いったん水煙をあげると後は海面に気泡も残さず姿を消してしまった。そして、魚雷を捨てたことが「筑摩」にとって幸運であり、また、嘆いていた大塚兵曹たちの命があといくばくもなかったことがわかるまでには、この後数分を必要とはしなかった。

「敵機続イテ突ッ込ンデ来ル！」

艦橋天蓋（屋根）の見張員坂井兵曹が声を嗄《か》らす。

古村艦長が天蓋にあけてある穴から体を乗り出して仰ぐと、敵機は正しく直上、すでに爆撃コースの最終局面に入っている。

「いかん、面舵一杯！」

艦長は体を引っこめると、怒鳴った。

先ほどは取舵で、こんどは面舵である。

しかし、一万五千トンの「筑摩」は、なかなか舵が利かない。

艦橋左舷後部、旗甲板で、やっと元気をとりもどした鷲尾少尉が仰いでみると、三機のダグラス爆撃機がこちらに突入して来たかと思うと、高度二百以下の低空で鳥の糞のような黒い魂を三つひり落として、キューン！　と金属性の音を残して機体を引き起こし、黒い腹をみせて反対方向に飛び去った。

——いかん、これは当たるぞ……。

「敵三機、爆弾投下。命中度大ナリ」

鷲尾少尉は双眼鏡で観察しながら、そう叫んだ。

双眼鏡のなかの、三個の鳥の糞はどんどん大きくなり、三発とも「筑摩」に命中するように思われた。

しかし、実際に命中したのは一個で、艦が面舵をとっていたせいか、艦橋右舷に命中し、バガーン！　とふたたび、あたりをオレンジ色の帳《とばり》の中に包みこんだ。

ときに午前七時三十一分。先の二弾に続いて、「筑摩」は、この日三発目の艦橋中心部に爆弾の洗礼を受けたことになる。

千ポンド爆弾は、艦橋後部、旗甲板に近い地点で爆発した。このため古村艦長は、ふたたび、こんどは前方に向けて転倒し、辛うじて艦橋の窓枠で体を支えた。

爆風は、このときも不思議な作用を及ぼし、艦橋右舷後部で爆発したにもかかわらず、左舷で朝から活躍していた見張員を倒した。そのなかには阿宇地保元一等兵曹らがいた。

また、鷲尾少尉のすぐ近くで戦闘の記録員を勤めていた信号兵の平井喜蔵二等水兵は、このとき腹部と左腕に弾片を受け重傷を負ったが、

「私はまだ働けます。左腕はやられましたが、右腕はまだ使えます。死ぬまでこの持ち場で働かせて下さい」

と上官である鷲尾少尉に申し出で、傷口に応急処置を施すと、戦闘任務を続行した。彼はこの後、出血多量となり、中甲板の第二士官次室にある戦時治療所に降り、午前九時死亡した。鷲尾少尉はその闘魂にうたれるところがあり、「筑摩」が呉に帰ってから、このことを艦長に申告し、平井二水の戦いぶりは当時の教科書に掲載された。

その昔、日清戦争のときにおきた、「木口小平は死んでもラッパを放しませんでした」と

いう文章を、筆者は小学校の教科書で読んだ記憶があるが、太平洋戦争でも、教科書を飾った水兵の事績はあったのだ。

しかし、続く敵の第四弾の被害はそれだけではない。

炸裂した場所が悪く、一番魚雷発射管の近くである。爆風と弾片は、先ほどまで、わが子のような魚雷の悲運の最後に、涙を流していた一、二番魚雷発射管の水雷科員を総なめにした。魚雷投棄を嘆いていた一番連管の大塚兵曹も、木原兵曹も爆風で発射管に叩きつけられ、ともに頭蓋骨骨折で即死した。

さらに、この爆風は、近くにあった飛行機発射用カタパルトに及び、飛行甲板で待機中の零式水偵の操縦員伊藤昶一飛曹、整備員の伊東四郎一整曹ら二十名の飛行科整備科員をなぎ倒し戦死に至らしめた。

このため零式水偵は大火災を生じた。

この火災は艦橋に生き残った人々に強い印象を与えたとみえ、午前八時十五分、古村艦長が第三艦隊司令長官、第八、第十一戦隊司令官あてに打った電報には、「我レ爆弾命中、飛行機大火災、出シ得ル速力三十ノット」となっている。

艦橋右舷後部の旗甲板に姿を現わした古村艦長は、火薬の臭いにむせながら、魚雷発射管、飛行機カタパルトの惨状を見て眉をしかめたが、

――しかし、魚雷を捨てておいたのが、せめても幸いであった……。

と考え、自らを慰めた。

魚雷を惜しんで、十二本を装塡したまま航行していたならば、今頃は両舷十二門の発射管に装備されている六十一センチ酸素魚雷の誘爆で、「筑摩」は轟沈していたであろう。

このとき、鷲尾少尉は、右脇腹にひどい痛みを感じていた（後で判明したところによると、肝臓が破裂していたのである。全身に六十数個の弾片を受けており、奇蹟的に生き残ったものと軍医を驚かせた）。

気丈な少尉は支柱につかまって身を支えながら、白煙が立ちこめる艦橋のなかに艦長の姿を認めた。彼の本来の役目は艦長付の一人として、艦長の命令を機関長に伝えるのである。

「艦長！　艦長！」

いくら呼んでも艦長は答えない。鼓膜に爆風を受けて、一時的に耳の聞こえない状態になっていたのである。

止むを得ず近づくと、艦長の顔は硝煙にすすけ、弾片を受けた顔の傷から血が流れて顔面に紅い筋を作り、凄惨な形相である。

「艦長！　機関科への連絡はありませんか？」

鷲尾が手真似を入れて尋ねると、艦長は、指で掌に字を書いた。

心得た鷲尾は、伝声管にとりつくと、

「機関科！　艦橋爆弾命中、被害大、何ノットまで出せるか？」

と尋ねた。

機関科指揮所には機関長の石川治中佐と機関長付の田中博文少尉がいる。機関科指揮所の伝令からは意外な返事が返って来た。

「我レ、罐室ニ浸水中。本艦傾斜ス、復元ニ努力サレタシ、現在可能速力二十ノット」

魚雷発射管に爆弾を受けたのは、午前七時五十分であるが、その少し前、七時三十分、右舷中部舷側に千ポンド至近弾二発を受け、この衝撃で機関長の梅田信治機関兵曹長が全身爆傷のため死亡するなどの被害があった。

艦橋の将兵は相つぐ爆撃に失神する者が多かったので、右舷中部の至近弾に気づかなかったのである。

鷲尾少尉が気づいてみると、確かに本艦は右へ傾いている。少尉は手真似でこれを艦長に知らせた。

古村は右舷側に出て外側を眺めてみた。

中部舷側が十八メートルほどえぐられ、外側に鋼板がめくれ出し、水を切っている。加うるに傾斜も相当のものである。これでは速力が出せない。

古村は鷲尾を呼ぶと、

「今ヨリ傾斜ヲ直ス、左舷予備隔壁ニ注水」

と機関長に連絡させた。

防火防水は副長の役目であり、この注水による傾斜復元も元来は副長の仕事であるが、その広瀬副長は、三十分ほど前、敵の第一弾で艦橋左舷後部のラッタルから忽然として姿を消してしまったので、今となっては艦長がやるより致し方はない。

傾斜は右三〇度に及び、左舷に注水してもなかなか急には復元しない。

艦長が声を嗄《か》らしているのを、近くにいる航海士の松田はぼんやりと聞いていた。第一弾で床の上に倒れた彼は、全身数十ヵ所に弾片を受け、各所から出血し、危険な状態にあった。いったんは意識をとりもどしたものの、出血のためか、ふたたび意識がもうろうとしてゆく。

それを見た沖原航海長は、敵機を回避する慌ただしい操舵の時間を縫って、

「おい、航海士、この馬鹿野郎！」

と怒鳴り、松田の頬を掌でぴたぴたと叩いた。

これで松田少尉ははっきり意識をとりもどした。後で航海長が語ったところによると、緊急の場合は、やさしいことを言っていると、かえって生命が危ない。手荒いことを言って緊張感を与えるのが、気をしっかりもたせる秘訣であるということであった。

傾斜がやや復元しかけたところへ、

「敵襲！　敵大型爆撃機約十機、高度三〇！」

こんどは大型爆撃機B17、空の要塞のお出ましである。敵は早くもガダルカナル島の飛行場を制圧しているので、そこから飛来したものであろう。

「またか……」

艦長は恨めしげに空を仰いだ。四発の大型機が、高空からの爆撃にどれだけの精度をもっているのか、ちょっと推定ができない。しかし、この上一弾でも二弾でも喰らうと、「筑摩」は戦闘航海に支障が出て来る。万一、動けなくなった場合は、むごいことであるが、この南太平洋で処分しなければならなくなる。

ところで、B17高々度爆撃に対して、どう回避したらよいのか。古村はとりあえず航海長に之字運動をするように命じた。之字運動とはその字のごとく、ジグザグに航行して、敵潜水艦の襲撃を避けるものであるが、飛行機の爆撃に対しても有効である。

一万五千トン、手負いの鯨のような「筑摩」がもだえるように艦体をきしませながら、右に左によろめき、変針を繰り返す。

まもなく、空から五十個近い爆弾が降って来た。B17は危険をおそれて低空には降りて来ない。しかし、大きな爆弾倉には二個以上の千ポンド爆弾、二十個以上の六十キロ爆弾を抱く能力がある。多くの爆弾で、目標を散布帯の中にとらえようという作戦なのである。

古村をはじめ、生き残った艦橋の面々は、眉をしかめて空を仰いでいた。

――どうか当たらないでくれ。今日は「筑摩」ばかりに弾丸が集中しているんだ……。

祈る気持はみな同じである。

ザ、ザーッ！

刷毛で紙をこするような音とともに爆弾はすべて、「筑摩」の前方に落ちた。

——助かった……。

と思っていると、沖原航海長が、次のように説明した。

「本艦は右舷の鋼鉄が張り出して水を分けているため、高空からはかなりの速力に見える。このため、敵大型機は本艦の速力を過大に計測して弾着を修正したので、前方に弾丸が落ちたものと思われる」

それを聞きながら、古村艦長は腕を組んで前方の海面を眺め、また空を仰いだ。

すでに第一撃で砲術長ほか主砲指揮所の幹部がやられ、航海科、水雷科、飛行科も被害が大きい。水雷長、飛行長も戦死してしまった。これでは戦うにも満足な戦いはできない。砲術科も方位盤、六メートル測距儀をやられたので、あとは各砲塔独立撃ち方の腰だめ射撃でゆくより方法はない。

——水雷科も魚雷を捨ててしまった。飛行機の操縦員は何人残っているのだろうか……。

思案していると、機関科から、

「我レ、可能速力、二十三ノット」

と報告して来た。この速力では、いま一撃喰らうと、減速し、潜水艦の餌食になりかねない。

そこへ、旗艦「利根」の原少将から戦況の通報が入った。

「今朝発進セル『翔鶴』『瑞鶴』『瑞鳳』ノ第一次攻撃隊ハ、〇七〇〇、敵機動部隊ヲ攻撃、次ノ戦果ヲアゲタリ。空母一撃沈、大巡一大破、駆逐艦一轟沈、同一大破」

このときの米空母はホーネットである。エンタープライズはスコールの中に入ったため、攻撃をまぬかれた。ホーネットは魚雷二、爆弾五を受け傾斜、停止したが、このときは沈むことなく、さらに次の攻撃によって大破し、日本駆逐艦の魚雷によって沈められた。

この戦況報告を聞いた古村艦長は生気をとりもどした。

「筑摩」の通信機能が大きな損害を受けているとみて、八戦隊司令部が空母の無電を傍受し、「筑摩」に手旗信号で送ってくれたものである。

「そうか、味方攻撃隊は、空母をやっつけてくれたのか……」

古村はうすい笑みを唇元《くちもと》にうかべた。味方空母が敵空母をやっつけてくれれば、それが機動部隊の主目的なのである。早暁「筑摩」から飛び立った索敵機も役に立ったし、前衛としてこれだけ奮戦すれば、もって瞑すべしというところであろう。

しかし、まだ古村は瞑するわけにはいかなかった。

「敵爆撃機、右五〇度、五〇、高度三〇！」

艦橋天蓋に負傷しながらも這い上がった鷲尾少尉が、見張員代わりに叫ぶ。

こんどは小型の急降下爆撃機である。精度がいい。ここでもう一発の千ポンド爆弾だけは喰いたくなかった。

——ようし、最後までやるぞ……。

闘志をふるい起こした古村は、ふたたび航海長の沖原に空襲回避の操舵を命じた。

艦の傾斜はようやく直り、機関科は、

「本艦、速力二十三ノット可能」

を艦橋に報告していた。

古村が、ふたたび天蓋にあけた穴から上体を乗り出して空を仰ぐと、東の空に断雲が浮かび、その陰に点々と黒い鳥のようなものがこちらに向かっていた。

またしてもダグラスSBDドーントレス急降下爆撃機の襲来である。

この日、米軍の空母はエンタープライズ、ホーネットの二艦とみられていた。

今朝からの雷撃機、急降下爆撃機の来襲ぶりを見ていると、「筑摩」は二隻の敵空母のうち、一隻分の攻撃隊をもろにひっかぶった形である。正に、「本日ノ当直艦ハ『筑摩』」とでも言われそうな回避と活躍ぶりである。

こうしてみると、味方の空母へ行くはずの一隻分の攻撃隊をこちらがひきうけたのであるから、空母からは感謝されてよいはずだ、と古村は思った。

これが空母ならば、上空には十機以上の直衛の零戦が上がって待ちかまえているから、これがかなりの敵機を墜としてくれるはずである。「利根」「筑摩」の上空にも二機の零戦が直衛に飛んでおり、朝から数機を墜としているが、何にしても敵は多勢であり、二機ではそのすきを縫って投弾するダグラスがいても止むを得ない。雷撃機の方が回避しやすいが、天から降って来る爆撃機はどちらに回避したらよいのか見当がつきにくいだけに厄介である。

（註、この日、ホーネットを発艦した第一次、第三次攻撃隊は日本の空母を捜したがどうしても発見できず、前衛の「筑摩」を水上部隊の旗艦と考えて、再三にわたり攻撃を繰り返した。日本の空母は「瑞鶴」がエンタープライズ同様、スコールの下に入っていた。「翔鶴」はエンタープライズ隊の猛攻をうけ、午前七時二十七分〈「筑摩」が第一弾を喰ったとほぼ同じ頃〉四弾を飛行甲板に受け、発着不能に陥り、南雲中将の第三艦隊司令部を乗せたまま後方に避退した。

ホーネット隊は、「筑摩」を水上部隊の旗艦と誤認したが、実際に第二艦隊司令長官近藤信竹中将が座乗した旗艦「愛宕」は、「筑摩」の西北方十数キロの地点を東に向かっており、「愛宕」に被害はなかった）

古村艦長が上方を睨んだとき、「筑摩」の高角砲、機銃はばんばんアメリカの爆撃機を撃ち上げていた。右舷高角砲指揮所にいた高射指揮官の新宮中尉（海兵67期、松田少尉の三期先輩）は、朝から射撃の連続で声もかすれがちであったが、それでも部下の高角砲、機銃を動員して対空砲火を撃ち上げていた。艦橋右舷後部に落ちた第三弾は、高角砲、機銃要員にも少なからぬ被害を与えたが、まだ八門の十二・七センチ高角砲と十二梃の二十五ミリ機銃の砲門から火は消えてはいなかった。

やがて十機のダグラス艦爆（急降下爆撃機）は高度三百メートルで、十個の鳥の糞をひり落とすと、引き起こして波の彼方に去った。

「取舵一杯！」

そのとき、遅しとばかりに古村が叫ぶ。

これを受けて沖原が操舵員に転舵を命じた。舵の利きが間に合って、「筑摩」は危うく十個の千ポンド爆弾を右舷前方にかわした。

やはり、右舷被弾箇所の側鈑が大きく破れて水を掻いているので、艦爆も艦の移動の速さを測りそこなったものとみえる。これこそ怪我の功名であった。

斃《たお》れて後やまず

古村艦長に続いて鷲尾少尉が天蓋から艦橋に降りると、艦長は鷲尾の着ている黄色の作業服に目をつけた。

「掌航海長、ずい分出血がひどいな。下部の治療室に行って手当てをしてもらったらどうだ」

と古村は、艦長付でもある鷲尾の方を向いて言った。

「いや、私の方は何ともありません。艦長こそ手当てをして下さい」

鷲尾は手真似でこう告げた。

「何を言うか。こんなときに艦長が下におりられるか」

問答の間に、ふと気がついて鷲尾が自分の作業服をみると、なるほど出血で各所が血にまみれている。弾片の入ったところからようやく出血が拡がって来たものとみえる。頭がふら

ふらするのを、何くそ、と気張っていると、

「艦長！　艦長は無事ですか！」

と足元で叫ぶ声がする。みると、主計科の渡辺繁夫二等主計兵曹で、やはり戦闘記録をとるため艦橋にいたが、第一弾でなぎ倒され重傷を負ったものである。渡辺は爆風で両手両足をもがれ、血染めのだるまのような形になってもがいている。

鷲尾は最前から渡辺の声を聞いていたように思う。彼が倒れていたとき、耳元で「艦長！まだ、サラトガは沈みませんか」と喘ぐように言っていたのはこの男であろう。

鷲尾は艦長に近づくと、渡辺のことを手真似で告げた。

気づいた古村は、

「おう、渡辺兵曹、それを心配していたのか。安心せい。サラトガ（実はホーネット）は先刻、味方の飛行機が轟沈したぞ」

と渡辺の耳に口を近づけて言った。

「そうですか、サラトガは沈みましたか」

そういうと、渡辺はがくりとなった。

これはいかん、と思った鷲尾は、渡辺に応急の止血をするとこれをひっかつぎ、自分も治療を受けようと考え、中甲板の第二士官次室に降りた。この次室は、元来、特務士官の食堂兼サロンで、若手士官の集まる部屋は第一士官次室、通商ガンルームと呼ばれた。

ここでは軍医科分隊士の渡部泰治軍医中尉が治療にあたっていた。「筑摩」には後部中甲板に戦時治療所があり、ここで軍医長の村田春造軍医少佐が最前から激増する負傷者の治療に追われていた。なにしろ、この日の「筑摩」は戦死者副長以下総計百九十二名、重軽傷者九十五名を数える惨状であったのだ。

前部の戦時治療所は第一、第二士官次室で、この二つを若い渡部中尉が担当し、主砲指揮所及び艦橋左舷への第一撃から殺到する重傷者の治療に追われ全身に血を浴びて動き回っていた。

鷲尾はここへ渡辺兵曹を運びこんだが、渡辺はもう意識がほとんどなかった。ふいに頭をあげると、

「天皇陛下万歳」

とかすかに叫び、昏睡に陥った。

渡辺兵曹は、よほど生命力の強い兵士であったとみえ、四肢をもがれ大出血をしながらも、このあと二時間余を生きぬき、午前十時五十分絶命した。

治療所で応急手当てを受けた鷲尾は、ふたたび艦橋に這い上がった。艦橋には艦長をはじめ数名の士官しか残っていない。自分がしっかりしなければ……と、鷲尾は自らを励ましながらラッタルを登った。

由来、海軍では兵学校出の士官を重要視し、兵士から叩き上げの士官は、どうしても傍流

視されがちである。艦長となって一艦を指揮することも、軍令承行令という法令で兵学校出の兵科将校にしか許されていない。

しかし、特務士官には特務士官のプライドがあった。海軍は飯の世界である。飯の数でなら兵学校出に負けはしない。また戦闘精神はもちろん、とくに海軍に必要な潮っ気、すなわち船乗りとしての体力、技術においては兵学校出に優るとも劣らぬというプライドがあった。その負けじ魂が一歩一歩、鷲尾を艦橋に引きずり上げたのである。

艦橋に登った鷲尾があらためて周囲を見回すと、右舷後部の十八センチ双眼鏡にとりついて、血まみれの男が声を張り上げている。同じ航海科の見張員窪田忠太二等兵曹である。

「おい、窪田、やられたか」

近づいてみると、腹部が血に染まっている。大きな弾片が喰い入っているのだ。

「おい。これではいかん。下へ降りて治療をしよう」

鷲尾は窪田を下にかつぎおろそうとするが、窪田の両掌は、双眼鏡をつかんだままはなれようとしない。よく見ると、窪田はもうほとんど意識がない。弾片は体のあちこちに喰い入り、全身粉砕に近いのだ。仕方なく鷲尾はその場をはなれ、自分の持ち場である機関科あての伝声管にもどった。

そのとき村田軍医長が衛生下士官をつれて艦橋に登って来た。あまりに運びこまれて来る負傷者の数が多いので、艦橋に大きな被害はないか、手当てをしに来たのである。あたりに漂う血の匂いにむせながら、軍医長は、衛生兵を指揮して生存者の手当てを行ない、また後部の戦時治療所にもどって行った。

軍医長の回想によると、午前七時頃、主砲の発射音と艦の震動が後部の戦時治療所にも伝わってきた。しばらくすると全艦あげての発射音である。いよいよ激戦が始まったらしい。突如、大震動を感じた。これが主砲指揮所と艦橋を襲った第一撃であろう。

村田軍医長はミッドウェー海戦にも「筑摩」に乗って参加し、そのときも「筑摩」は敵襲をうけたので、かなり落ち着いていたが、やはり味方の攻撃隊はどのような戦果をあげているのか不安であった。

まもなく担架にのせられた第一号戦傷者が後部治療所に運ばれ、引き続き数十名の重傷者が殺到し、治療所は多忙をきわめた。手術台の上に重傷者をのせてつぎつぎに処置をしてゆく。

そのうちに上甲板の方でものすごい震動があった。魚雷発射管に爆弾が命中したときのものであろう。治療所の通風筒から、さーっと真っ赤な火炎が吹きこんで来た。この後また運びこまれる重傷者の数が増えて来た。

そこで艦橋の様子が心配になり、艦長がひょっとして重傷で倒れているのではなかろうかと案じて上にあがって来たのである。死屍累々としていたが、艦長は意外に元気で、その口からサラトガ一隻轟沈のニュースを聞き、これを治療所にもどって負傷者たちに告げたところ、各所に万歳の声が起こり、瀕死の重傷者も元気をとりもどした。

「『筑摩』の索敵が功を奏し、『筑摩』が火の粉をかぶることによって飛行隊の攻撃を成功せしめたのである」

ということを軍医長は強調し、負傷者たちを激励したのである。

すでに時刻は午前八時を回り、先ほどの急降下爆撃を最後に敵の空襲は途絶えていた。そろそろ事態を収拾しなければならぬ、と古村艦長は考えていた。手負いのまま戦闘海面をうろついていては敵潜の好餌となるばかりである。

一方、十五キロはなれた旗艦「利根」の艦橋からは、先刻から、二人の士官が心配げに双眼鏡で「筑摩」の様子を見守っていた。八戦隊司令官の原忠一少将と、「利根」艦長の兄部《こうべ》勇次大佐である。原は海兵三十九期、古村より六期上、兄部は四十五期で古村のクラスメートで、荒武者の酒呑みと知られる古村にくらべ、温厚な紳士タイプであった。

この日、「利根」にも雷撃隊の一部が来襲したが、艦長は軽くこれを回避した。それに引きかえ「筑摩」の方は、朝から正に当直艦で、とくに急降下爆撃を一手にひきうけ満身創痍、これが空母で航空魚雷などに誘爆していたら、とっくに沈没していたところである。古村艦長の魚雷投棄は確かに艦を救う名判断であった。

原は半年近く前、「翔鶴」「瑞鶴」を率いて珊瑚海海戦を戦ったばかりで、実戦の経験は豊富、また「翔鶴」の被弾で応急についても学ぶところがあった。

「利根」「筑摩」は真珠湾の開戦以来、つねに行動をともにして来たので、「利根」の艦橋には古村艦長を知る士官も多かった。したがって原司令官以下、もうそろそろ「筑摩」を戦列からはずしてトラックに帰投させねば危ないと感じながらも、猛将古村の気持を考え、口に出せないという気持の者も多かった。

しかし、午前八時半、原司令官は決断を下した。「筑摩」あてに、

「出シ得ル速力知ラセ」

という信号が発光信号で送られた。

信号解読の責任者は掌航海長である。いまこそお役に立つときが来た、と勇み立った鷲尾は、生き残った部下の信号員を督励してこれを艦長に届け、艦長からの回答、

「使用ノ罐三罐、出シ得ル速力二十三ノット」

と、こんどは手旗で「利根」に送信した。発光信号器が損傷していたからである。

折り返し「利根」から発光で訓令が来た。

「トラックニ回航スベシ。トラックマデ回航可能ナリヤ」

「筑摩」は直ちに手旗で、

「トラック回航差シ支エナシ。駆逐艦一隻嚮導セシメラレタシ」

と返信する。

ときに二十六日午前八時三十五分。朝から一時間半にわたる激闘も、ようやくここに小休

止を迎え、「筑摩」は駆逐艦「谷風」「浦風」を直衛として潜水艦を警戒しつつ、二十三ノットで北上してトラック島に向かったのである。

このとき、猛将古村啓蔵は何を考えていたか。

一、航空巡洋艦として索敵機を出し、敵を発見し得て、一応の任務を果たした。
二、味方航空部隊が敵空母を攻撃し、サラトガ型を撃沈し、一応の戦果をあげた。
三、敵空母一隻分の攻撃機をひきうけ、早朝から奮戦して味方空母に対して一種の囮《おとり》の役目を果たし、機動部隊に「筑摩」ありと知らしめた。
四、艦の損傷大、とくに右舷の鋼板突出は大修理を要する。また人員の殺傷も大である。
五、敵と最終的決戦を挑まんとするも、その距離おそらく二百マイルはあり、残りの空母一を魚雷戦あるいは砲戦で屠り得るまで近接することは不可能である。

以上のような判断によって、古村は司令部の訓令を呑み戦闘中止、反転北上に決したものである。

「筑摩」はこの後、速力を十六ノットに下げ、二十九日午前九時、トラックに入港し、連合艦隊司令長官山本五十六の巡視をうけるのであるが、二十七日午後四時、赤道直下で戦死者の水葬を行なった。

乗員のなかに僧侶出身者がいるので、これに僧衣をまとわせ、読経の間に葬礼が行なわれる。ラッパ「海ゆかば」「国の鎮め」吹奏のうちに、百余名の遺体が海中に投げ入れられる。普段ならば遺体は軍艦旗に包まれるのであるが、とても百余の数がない。仕方なくあり合わせの白布を動員して間に合わせたのであった。

ラッパの音に合わせて、昨日まではともに戦った部下や同僚の遺体が海中に投げ入れられる様子を見て、古村艦長以下、沖原航海長、松田少尉、鷲尾少尉らは、無量の感慨に沈んだものであった。古村艦長の鼓膜はわずかながら回復したが、この後、昭和五十二年の逝去まで完全に聴力が回復することはなかった。

トラックに入港すると、「筑摩」乗員は、十月二十六日の南太平洋海戦において、エンタープライズ型一隻大破、ホーネット型一隻撃沈を知らされた。

「筑摩」を巡視した山本五十六は、

「よくこれでトラックまで帰って来られたなあ」

と古村艦長以下の労をねぎらった。

南太平洋海戦では、劈頭《へきとう》、飛行甲板に弾丸を喰って「翔鶴」が司令部を乗せたまま後退したので、山本ほか連合艦隊司令部は不満であった。このとき、「翔鶴」艦長有馬正文大佐は、傷ついた「翔鶴」を囮として敵の方向に進撃させ、敵攻撃隊をひきうけている間に、「瑞鶴」の攻撃を有効ならしめる案を強く打ち出して、第三艦隊（機動部隊）参謀長草鹿龍之介少将に叱責されている。

その囮をはしなくも「筑摩」がひきうけ、一歩もひかず奮戦してくれたのであるから、山本の胸にも「筑摩」の戦功を多とする気持があったのであろう。

生い立ち

さて、ここでいったん筆をもどして、異色ある航空巡洋艦「利根」「筑摩」の生い立ちをふり返ってみよう。

昭和十四年六月初旬、横須賀海軍工廠に勤務中の福井静夫造船中尉（終戦時、少佐）は、前年竣工したばかりの新鋭艦「利根」「筑摩」の内部を見る機会に恵まれた。

「『利根』『筑摩』のお写真（天皇の御真影）奉安所の幕について説明がある」というので造船部長の内火艇に便乗した。奉安所の飾り幕は大阪の高島屋に発注したもので、それまでにない新しいものであった。

しかし、福井中尉のお目あては幕ではなく、この新造艦の内部である。内火艇が近づくと、四つの二十センチ砲塔を全部前方に集め、後甲板に六機の水偵をのせた「利根」と「筑摩」がブイ（浮標）に繋留されている。

八門の主砲を全部前に集めるというのは世界でも類のない設計で、これは後甲板にのせてある六機の水偵を主砲発射時の爆風でふきとばすまいという配慮からで、その意味で、「利根」「筑摩」は飛行機の偵察索敵能力を中心とした〃航空巡洋艦〃であった。

四つの砲塔を全部集めて、釣り合い《トリム》が悪くなりはしないか、というのが福井中尉の懸念であったが、そのような不釣り合いは全然感じられず、優美な艦型であった。

またこの二年後、昭和十六年七月、大尉に進級した福井は「筑摩」に乗艦し、開戦直前の猛訓練を見ることができた。このときの艦長は小暮《こぐれ》軍治大佐で、筆者が海軍兵学校生徒時代の生徒隊監事（教頭に次ぐ職名）で、きわめて謹厳な士官であった。

話は前にもどるが、新造の「利根」の真新しい甲板を歩きながら、福井造船中尉は、この異色巡洋艦が誕生するまでを回想した。

「利根」「筑摩」の誕生は、軍縮会議と切っても切れぬ縁がある。

大正十年のワシントン軍縮会議で英、米、日の戦艦の比率は五、五、三。昭和四年のロンドン軍縮会議では巡洋艦など補助艦艇の比率が十、十、七に抑えられた。

これらは第一次大戦でほとんど参戦せず、漁夫の利を占めた日本が、八・八艦隊などを計画して建艦競争に乗り出してくるのを防ごうという英、米の策略であった。

日本海軍はこのため、重量を減じて効果をあげようとして猛訓練を繰り返し、水雷艇「友鶴」の転覆事件（昭和九年）、四艦隊事件（昭和十年）などを生じ苦汁をなめたのである。

そして、昭和十年、ワシントン条約は満期となり、日本海軍はロンドン条約の制約も解けたので、独自の建艦プランを実行に移すことになった。

「利根」「筑摩」型は、もともと「最上」「三隈」型と同じくロンドン条約の制限下における八千五百トン級の二等巡洋艦として計画され、昭和九年十二月、三菱長崎造船所にキールをおいて建造が始められた。

建造中に四艦隊事件が起こったので、電気熔接は強度に疑問ありとして途中から鋲打ちに変更され、これは少し遅れてキールがおかれた「筑摩」では、もっと範囲が広くなっている。

「最上」型は十五・五センチ十五門で、三連装五基を前部と後部に配置しているが、「利根」は初めから飛行機による偵察、索敵を重要視したので、四基の二十センチ主砲砲塔を前部に集めた。

「最上」型は、昭和十四年、二十センチ砲十門に改装している。

「利根」は、ドックで建造中にロンドン条約期限切れとなり、結局、基準排水量一万一千百トンと、条約終了後初の制限オーバーの艦となり、日本海軍が造って世に送った最後の重巡洋艦となった。

ここで、ちょっと断わっておくが、重巡洋艦だから一等巡洋艦とは限らない。「那智」「羽黒」など一等巡洋艦は山の名前がついており、「最上」「利根」など川の名前が冠せられたものは、装備トン数でほとんど劣らないけれど、二等巡洋艦なのである。

「利根」「筑摩」は、その優秀な偵察能力をかわれて、昭和十六年十二月の開戦当初から機動部隊に随伴し、索敵を担当するのであるが、その前に新造艦当時の「利根」に勤務した士官の感想を聞いてみよう。

海軍大佐大西新蔵（海兵42期）は十四年十一月十九日、「利根」艦長として舞鶴に着任した。「利根」「筑摩」は舞鶴軍港所属である。

「利根」の進水は十二年十二月で、竣工は十三年十一月、艤装委員長は竜崎留吉大佐で、初代艦長は原鼎三《ていぞう》大佐であるから、大西大佐は二代目「利根」艦長ということになる。

舞鶴は早くも冬で、軍港の海面には粉雪がちらついている。大西大佐が市内の松栄館という旅館につくと、まもなく前任艦長の原大佐が書類を抱えてやって来た。原は大西より一期上なので、大西は恐縮してこれを迎えた。旅館の一室で前任艦長から後任艦長への申しつぎが始まった。大西はあまりいけないたちであるが、原としては雪の舞鶴で艦長室での申しつぎはあまりにも殺風景なので、旅館で会って、終わったら一杯やろうと考えていたのかも知れぬ。大西の回想録にはそこまでは書いてない。

原の申しつぎの重要眼目は二十センチ主砲の散布界（弾着点の拡がり具合）が大きいということであった。

大西は、翌二十日午後一時、通常礼装で「利根」に着任、あらためて艦長室で原から艦長職を引きついだ。原は総員の「帽振れ」に送られて退艦してゆく。

新艦長の大西は前甲板に乗員を集めて、着任第一声の訓示を与えた。第一線の新鋭艦をあずかる責任と喜びを述べたのである。

この年、昭和十四年前半は、陸軍が何とかしてヒトラーのドイツと手を組むため三国同盟を結ぼうと力をつくし、アメリカとの開戦を避けようとする海軍は米内海相、山本次官、井上軍務局長のスクラム堅く、これを空中分解せしめた国事艱難なときであった。

十二年に始まった支那事変（日中戦争）はまだ解決にいたらず、九月にはヨーロッパでドイツがポーランドに侵入、第二次世界大戦がすでに勃発しているので、日本海軍も緊張していた。

この緊張ぶりは、長い間開店休業であった舞鶴に鎮守府をおき、軍港に復活せしめ、最新鋭艦の「利根」「筑摩」の母港としたことでも察せられよう。

前甲板の訓示を終わった大西は「利根」の艦橋に登ってみた。ひどくでっかく感じられた。大西は以前に「比叡」「陸奥」という戦艦に勤務したことがあるが、このようにでっかく感じたことはない。なぜであろうか、それは「利根」の全砲塔が前甲板に装備してあるため、艦橋から前が百メートル近くもあり、えらく大きく見えたのである。

事を行なうに緻密な大西艦長がまず実行したのは、毎朝日課手入れのさい、当直将校に「伝令員配置につけ」の号令をかけるよう命じたことである。

これは、艦長の号令を砲術、水雷、通信など各部署の長に即座に伝えるため戦闘即応の処置であるが、大西の考えは、自分の声をよく伝令が記憶し、各種の号令をも早く呑みこめるようにという狙いであった。

ところで、「利根」は造船屋さんの傑作だということになっているが、実際はどうであろうか、と大西は艦内を回り、また任期中の訓練を通じてこれを考えてみた。

「利根」は居住性がよく、航続力も「最上」型の十四ノット八千マイル（一マイルは一・八五二キロ）に対して、十八ノット一万マイルと長い。飛行機搭載艦としての設計ならびに性能は確かに傑作である。しかし、八門の主砲には難点があった。大砲屋（砲術科出身）の大西は、この弱点を是正しようと試みた。

当時、ＧＦ（連合艦隊）では〝「利根」の大砲は当たらない〟という悪口が大砲屋の間でまかり通っていた。「長門」の四十センチ砲、「扶桑」の三十六センチ砲に比して命中率が低いというのである。問題は散布界にあった。想像される決戦距離一万六千メートルで八発の二十センチ弾を撃つと、散布界が四百メートルほどに開く。これは百二十メートル以内くらいに縮めなければならない。

大西は十五年度の戦技射撃の公試成績において「利根」がきわめて不良であったので、極力この点について研究を重ねた。そして、総体に二十センチ砲は射撃成績が不良であるという警告を研究会で発した。

散布界が大きいという点に関しては、砲身の老化、発放電路におけるガタの状況などいろいろあるが、大西は専門的研究の結果、射撃盤からくる基針《もとばり》と、これを砲の動きに変える追い針の接触する発放電路を改良することに着眼した。これは後に改善され、散布界が縮小されることとなった。

「那智」「羽黒」などの二十センチ砲ではこの改良がうまく行なわれなかったのか、十七年二月のジャワ沖海戦では英、蘭の艦隊を相手にして砲戦で苦労することとなった。

几帳面な大西は、艦の射撃成績向上に努力していたが、「利根」に司令部をおいている八戦隊司令官の後藤英次少将（37期）に手こずらされた。後藤は艦隊でも名うての酒呑みである。水雷科の名物男で、駆逐艦の夜襲では一家言ある荒武者であるが、酒好きで司令官になる頃にはそれも弱くなり、別府で呑みすぎて連合艦隊の出港に遅れかけ、ＧＦ長官山本五十六に苦い顔をさせたこともあるらしい。

十五年九月、「利根」「筑摩」の八戦隊を含む第二艦隊は、高知県宿毛泊地を発って山口県虹ケ浜沖に入港することになっていた。九月三日の入港直前、司令官の検閲が行なわれる予定であったが、宿毛の町に上陸していた酒豪の後藤司令官がなかなか帰って来ない。やっと出港直前、べろべろに酔って帰艦すると、司令官室で寝こんでしまった。後藤少将はこの日の検閲官である。困った先任参謀は、大西艦長と相談し、検閲を取り止め出港することにした。

昔の海軍にはこういう豪傑が多かったが、太平洋戦争開戦前には珍しい存在となってきていた。

九月十四日、大西が休暇をとって山口県の秋芳洞を見学していると、電話があって呼び返された。八戦隊は海南島に向かえ、というのである。当時は北部仏印進駐が行なわれることになっていたので、その支援らしい。フランスの艦隊と戦うのかどうかわからぬが、これが「利根」にとって最初の出陣なので、乗員は喜び勇んで陸戦隊用の銃剣を研いだりした。そんなに喜ばなくとも、開戦後は沈むまでたっぷり働かせてもらえたのであるが。

九月二十一日、八戦隊は海南島三亜港に入ったが、実戦はいっこうに始まらない。二十九日、三亜を発って内地に帰ることになった。一発も弾丸を撃たない前線勤務であった。

十月二日、「利根」は内地に帰り、海兵第六十八期生を含む少尉候補生を乗艦せしめた。これが筆者のクラスで、この年八月七日卒業、満州国、中国の近海航海を終わり、GFに配乗となったものである。筆者は戦艦「伊勢」に配乗となり、左舷高角砲指揮官を仰せつかった。

この年十五年は、昔でいう皇紀二千六百年で、十月十一日、横浜沖で観艦式が行なわれ、八戦隊もこれに参加した。帝国海軍最後の観艦式である。

これが終わるとGFは解散、八戦隊は休養のため一路、舞鶴に向かうことになった。帰港速力というのかスピードが出る。このとき、大西は「利根」艦長として四回目の下関海峡を通過することになった。狭水道通過は出入港とともに艦長の腕の見せどころである。

この海峡は潮流も速く難所であるが、このときは釣り舟が多く出ていた。これをよけそこなって浅瀬にのしあげては面目丸つぶれである。大西が操艦に苦心していると、横で司令官の後藤が眺めている。舞鶴に帰ったらまた酒を呑もうと考えているのかも知れない。前方に時速六ノットぐらいの貨物船がのろのろしていてなかなか追い抜かせてくれない。もっとも海峡では追い抜き禁止と、十二ノット以上の増速禁止という航海規則が出ている。

大西がいらいらしていると、かたわらの後藤が、

「艦長、かまうことはない。追い抜いてしまおう」

と大きな声でいう。

大西も覚悟を決めて、十四ノットに増速してこの貨物船を追い抜き、無事海峡を通過して玄界灘へ出た。このときは後藤の強引さがよい影響を与えたのかも知れない。

大西は横浜沖を出るとき、すでに「長門」艦長の辞令を受けとっていた。舞鶴に入港した翌十五日、彼は「利根」を去ることになった。一年足らずであったが、懐かしい新鋭航空巡洋艦を去って、彼は名提督といわれる山本五十六が座乗する「長門」に向かったのである。

開戦と「利根」「筑摩」

昭和十六年七月、海軍大尉小野次朗（64期）は九州の福岡県博多海軍航空隊で教官を勤めていた。第三十六期（筆者と同期）飛行学生の水上機空戦訓練を終わって宿舎に帰ると、副長から重巡「筑摩」の飛行長へ転勤の件を知らされた。

「新鋭の航空巡洋艦じゃないか。お芽出度う」

先輩や同僚の声に送られて、勇躍、翌日には佐伯湾（大分県）在泊中の「筑摩」に着任してしまった。まもなく八月、艦長は水雷科出身の酒豪かつ猛将として知られる古村啓蔵大佐（45期）と代わり、ここに開戦準備を整える。旗艦「利根」の艦長は古村と同期の岡田為次大佐である。

八戦隊の水上機は舞鶴航空隊を基地として猛訓練に入った。

小野大尉は他の水上機をあつかう飛行長よりは責任の重いのを感じた。なにしろ二座水偵

（九五式水上偵察機）四機、三座水偵（零式水上偵察機）二機、計六機を保有し、機動部隊のアンテナとなる重要任務を帯びている。自然、航法、通信、空戦、射撃などの訓練に熱が入った。

八月、いったん舞鶴に帰って戦備を更新充実せしめた八戦隊は、九月、ふたたび佐伯湾に回航、連合艦隊と会合、訓練に入った。舞鶴を出るときは小雨が降っていたので、明日にも前線に行って戦死するような気分で軍港に別れを告げたのであるが、GFに編入されてからは、猛訓練でそんな感傷をまじえるひまはなかった。

十月初旬、「利根」飛行長の武田春生大尉（60期）、二艦隊航空参謀とともに、小野は旗艦「高雄」に呼ばれ、ついで第一航空艦隊旗艦「赤城」に赴いた。「赤城」では源田サーカスで名高い源田中佐（機動部隊航空参謀）が待っていて、三人は直ちに幕僚室に通された。

源田は鷹のように鋭い眼を底光りさせると、無造作に一枚の海図を卓の上に拡げ、低い声で重大な計画を告げた。

「十二月上旬のX日の早朝、母艦六隻を基幹とする機動部隊はハワイのパールハーバーを奇襲して、米太平洋艦隊を撃滅する」

源田の指はオアフ島の一角をさしていた。

小野をはじめ三人は、思わず息を呑んだ。

源田は言葉を続けた。

「X日の予定日は八日、日曜日である。この日未明、まず八戦隊の零式水偵二機が攻撃隊の発艦三十分前に発艦して、『筑摩』の水偵は真珠湾泊地を、「利根」の機はラハイナ（オアフ島東南岸）泊地を隠密偵察して、敵主力すなわち空母および戦艦の在否、碇泊体形、天候などを報告してもらう」

そう言うと源田は、二人の飛行長の顔を眺めた。二人は重大な任務に緊張していた。源田はさらに細部の打ち合わせを行なった。

「『利根』『筑摩』機の発艦地点は、真珠湾の真北二百五十マイル、時刻は〇一〇〇（午前一時）の予定である。別に水偵二機を索敵および哨戒にあてるが、こちらの発進時刻は少し遅れて〇二〇〇頃となる予定である。二人には、さっそくこの準備に入ってもらうわけであるが、この真珠湾攻撃の作戦計画については航空関係でもごく一部のものにしか知らされていない。もちろん各艦の艦長といえども知らない。特命があるまでは両飛行長とも胸におさめておいて、くどいようであるが機密保持に万全を期されたい。必要資料は逐次手渡すが、最新情報が入りしだい、また打ち合わせを行なう予定である」

武田と小野は事の重大さに茫然とならんばかりであった。このような世紀の大作戦の先陣を承ることを光栄に感じながら二人は参謀とともに「赤城」を辞した。帰路参謀は、

「この作戦は特別の軍事機密であるから八戦隊参謀、艦長といえども洩らしてはならぬ」

と釘をさした。

「赤城」から「筑摩」に帰る内火艇の中で、小野飛行長は考えこんだ。これは予想したよりもはるかに重大な任務である。「筑摩」の偵察機の報告は直ちに全機動部隊の成否に影響するのである。そしてこの劈頭の奇襲攻撃の成否は全艦隊、ひいては国の興亡にも響いてくるのではないか。思えば重大この上ない責任を負うことになったわけであるが、身を航空の偵察に奉じて、これ以上やり甲斐のある仕事もないのではないか。この日から小野大尉の眠れぬ日が続くようになったのである。

小野はこの大任務を達成するために、いくつかの問題点をあげてこの対策を練った。

一、搭乗員の選定。「筑摩」の飛行科は、飛行長の小野と掌飛行長（兵曹長）の二人が士官で、残りは兵曹である。小野は自分を機長とする一号機の三名と、掌飛行長を機長とする二号機の三名の二通りの編制を考えた。

二、航法である。発艦予定時刻の〇一〇〇（東京時間）はハワイでは日出一時間前である。下界は暗いので機上での風向風力測定は不可能であろうから、本艦測定のデータを使用することとする。飛行高度は四千メートル、距離二百五十マイルとして、ずばり真珠湾上空に達することが必要である。

こちらが使用する三座の零式水偵に似た水上機はアメリカにはないので、任務達成以前に、アメリカの見張りや直衛機に発見されぬよう注意しなければならない。ホノルルのラジオ放送がキャッチできれば便利である。

三、隠密裡に真珠湾上空に進出するにはどうしたらよいか。現地到着は日出二時間後とみられるから、下界の湾内を偵察するのに太陽光線はそれほど利用はできない。しかし、敵に発見されぬよう接近するにはオアフ島東側から進入するのが便利である。

四　艦型識別訓練を事前にやっておく必要がある。米国艦艇だけでなく英国、オランダの軍艦の資料も集めておく必要がある。

五、北方から進入するとして、寒冷地で風浪をかぶりながらの行動は露出しっ放しの飛行機をかなりいためるので、有事即応のため、機の整備が肝心である。

六、無線電信機の調整も早目に整えておく必要がある。戦闘海面に進出すれば無線封止であろうし、飛び出してからでも、当然敵発見までは電波が出せない。いざ発見電を打つときに事故が起きては何にもならない。

七、帰投についても考えておく必要がある。往復七百マイル以上の航程と考えられるので帰艦時、母艦の位置を失せぬよう航法を修練しておく必要がある。母艦は飛行隊発進後も保安のため無線封止を守っているであろうから、自力で帰投する能力を養わねばならない。

機動部隊が秘密裡に訓練を続けているうちに、十一月二日、各艦は佐伯湾に集結、三日、南雲忠一中将（機動部隊司令長官）は各級指揮官を「赤城」に召集して、真珠湾攻撃の秘策を打ち明けた。異常に緊張した面持で「筑摩」に帰って来た古村艦長の表情をみて、小野は「ああ、艦長もあのことを知らされて来たんだな」と思ったが、素知らぬ顔をしていた。

四日から三日間、機動部隊の特別航空攻撃訓練が行なわれた。攻撃隊指揮官は「赤城」の飛行隊長淵田美津雄中佐である。

十一月十七日午後、各級指揮官、幕僚、飛行科士官は、「赤城」の飛行甲板に集合した。「筑摩」からは古村艦長と小野飛行長が参加した。

山本五十六長官の真珠湾奇襲に関する訓示があり、山本は、「奇襲の予定ではあるが強襲になることも予想される。諸君の命はこの山本がもらった。十二分に働いてもらいたい」と訓示をして、部下に大きな感銘を与えた。

艦長とともに「赤城」から「筑摩」に帰る途中、小野はふたたび考えた。小野たちの飛行科学生のなかには、この世紀の大戦を前にして事故死した男が七人いた。

――よし、早く逝《い》った貴様たちの分も、働いて来てやるぞ……。

小野は心の中で、こう亡き級友たちに呼びかけた。

十一月十八日午後、八戦隊は佐伯湾を出港、エトロフ島単冠湾《ひとかっぷ》をめざして北上した。

そして十一月二十六日午前八時、同湾を抜錨、ハワイに向かった。

この頃、旗艦「利根」の副長として艦長岡田大佐を助けていたのが山屋太郎中佐（48期）

である。八戦隊司令官阿部弘毅少将は筆者が海兵在学当時の教頭兼監事長で、山屋中佐も教官であった。山屋は日露戦争当時活躍した山屋他人（のち大将）の息子である。

艦長は飛行長と相談して、開戦当日、いかにしてラハイナ泊地を隠密偵察するかの研究に余念がない。かりに敵艦を発見してもこちらが見つかってしまっては、〝すわ、怪しい飛行機〟と敵に警戒させてしまうので、奇襲成功は怪しくなってしまうのである。

副長には別の苦労があった。戦闘が始まった場合、副長の任務は防火防水の応急であるが、それ以前にいかにして隠密裡にE点（飛行機発艦地点）まで進出するかが悩みのタネであった。幸い荒天続きなので発見される危険はややうすらいだが、敵潜水艦などから隠れるためにも煙突からの煤煙はできるだけうすくする必要がある。副長は機関長と協力してこの方法に苦心した。

また長期の航海であるから食糧品の空箱などが大量に出てくる。これも焼却炉で焼くのだが、やはり濃い煙を出してはいけない。副長はいつも縁の下の力持ちであった。

かくして、十二月二日、GF司令部から有名な「新高山登レ一二〇八」がとどき、攻撃のX日は十二月八日と決定した。

いよいよ当日の朝、午前一時が迫ってくる。小野はこの日の第一次索敵には飛行長自ら零式水偵に乗ってパールハーバーの敵状偵察を行なう予定でいた。しかし、この直前になって、古村艦長から呼び出された。艦長は言う。

「この作戦においては索敵の関係もあって、『利根』『筑摩』は機動部隊本隊のはるか前方に進出しなければならない。そうなると航空作戦の場合、飛行長は、つねに艦橋にあって航空参謀の役目を果たしてもらわなければならぬから、残っていて欲しい」

これを聞いて小野は少なからず落胆した。偵察機操縦員としてこの大作戦のさきがけとして敵地に乗りこむのは武人の本懐ではないか。しかし、飛行長は艦に残って艦長の補佐をしてくれといわれればこれも重要な仕事である。そこで人選をやり直した。

普通、重巡では飛行長の下に飛行士がいるのであるが、しばらく前までいた東大出の西脇昌治という予備中尉が転出したままで、「筑摩」には飛行士がいない。そこで掌飛行長の福岡政治飛行兵曹長を一号機の機長とすることに決めた。掌飛行長というのは兵士から叩き上げの特務士官で操縦のほか補給、人事、整備などをも担当するのが仕事である。

元気者の福岡兵曹長は、思いがけず飛行長のおかわりが回って来たので喜び、かつ感激した。

かくて、十二月八日、午前一時、「利根」「筑摩」のカタパルトから各一機の零式水偵が射出された。ここに世紀の大戦は二機の爆音とともに火ぶたが切って落とされたのである。

岡田「利根」艦長の日記には、こう記入されている。

「八日零時、利根神社参拝、〇〇一五司令官参拝ノ後、搭乗員ト御酒《おみき》ヲ戴ク。〇一〇二、一号機出発」

「おい、福岡兵曹長、おれの分も働いて来てくれよ」

飛行帽の上から白い鉢巻を巻いたカタパルト上の福岡兵曹長が勇躍して発艦してゆくのを、小野飛行長は少々残念な気持で見送った。

南雲長官は続いて、午前一時三十分、第一次攻撃隊計百八十三機を発艦させた。淵田中佐の率いる艦攻隊を先頭に、攻撃隊は前衛の「利根」「筑摩」の上空をかすめて一路、真珠湾めがけて南下してゆく。

一般には、断雲の間から真珠湾内のアメリカ戦艦群を最初に見たのは淵田中佐ということになっているが、そのひと足前に、この光景を目にしたものがいる。それが福岡兵曹長である。

この日、海上はかなりのシケで、魚雷を抱いた艦攻の発艦があやぶまれたが、上空は悪天候というほどでもなかった。発艦後まなく東の方から空が明るくなってゆく。そして、高度五千で順調な飛行を続けた福岡機は、雲の間からげんこつのようなオアフ島を発見すると、高度を三千に下げた。もう少し下げたいが、敵に気づかれるとまずい。耳にしたラジオには、最前から日曜日朝のハワイ放送がびんびん入っている。

下方に向けた福岡の双眼鏡には、雲の間からありありと米太平洋艦隊の全貌が映っていた。いるいる。大きな戦艦が、一、二、三、四……と十隻もいるではないか。しかも、接近した日本の機動部隊に気づいた様子もなく、二隻ずつ並んで、眠ったように静かに停泊している。

――ようし、これならば奇襲成功間違いなしだ……。

彼は、ふるえる手で無電のキイを叩いた。

「敵艦隊真珠湾ニ在リ。真珠湾上空、雲高千七百メートル。雲量七、〇三〇八」

十日近い無線封止を破った開戦の第一電を受信した「赤城」艦橋の草鹿龍之介参謀長は躍り上がった。奇襲成功だ。ときに午前三時十分であった。

同じ電報は、総指揮官機上の淵田中佐のレシーバーにもとどいた。

「よし、これで狙いは、真珠湾一本に絞れるぞ。わき目もふらず、まっしぐらだ」

彼は偵察席で座り直した。

この電報は「筑摩」通信室から小野飛行長のもとにもとどいた。

――よし、福岡は責任を果たしてくれたな。後は敵に発見されぬよう無事帰艦してくれることを祈るのみだ……。

小野の電報をつかんでいる手がふるえ、両眼に涙がにじんだ。同じ頃、「利根」一号機は、「ラハイナ泊地ニ敵影ヲ見ズ」と打電していた。

機動部隊の乗員はほとんど知っていなかったが、このときホノルルには日本軍のスパイ（情報員）が入って、逐一湾内の在泊情況を軍令部に知らせていた。情報員の名は吉川猛夫、海兵六十一期生で少尉のときに健康上の理由で待命となり、以後、予備少尉として軍令部に勤めていたものである。

吉川予備少尉が最後に暗号で打電した電文は左のとおりである。

六日（ハワイ時間）ホノルル発

一、六日夕刻真珠湾在泊艦船ハ次ノ通リ。戦艦九（練習戦艦ユタを算入）、軽巡三、駆逐艦十七、潜水母艦三

二、五日夕刻入港セル空母二、重巡十八、六日午後全部出港セリ

実際に真珠湾に在泊したのは、戦後、アメリカ側の発表によると、戦艦八（ユタを除く）、乙巡四、軽巡二、駆逐艦二十九、潜水艦五となっているが駆逐艦の数が少々多いようである。攻撃隊はこのうち戦艦五隻を沈め、二隻大破、一隻小破、乙巡一大破、一小破、軽巡一大破、駆逐艦二大破、標的艦ユタ転覆の戦果をあげたことは周知のとおりである。

吉川情報員の送ったA情報（軍令部の呼び方）は、そのつど「赤城」の司令部にとどいていたが、開戦直前の在泊状況を打電した意味で「筑摩」一号機の功績は大なりとしなければなるまい。福岡兵曹長はこの後、ミッドウェー海戦でも索敵に出るのであるが、それはまた後に記そう。

インド洋波高し

真珠湾攻撃は奇襲が成功し、予想以上の戦果をあげ得たので、機動部隊は意気揚々として内地に引きあげることとなった。

ところが、ここに少し面倒な問題が起こった。それはウエーキ島攻略問題である。ウエーキ島はマーシャル群島の北方にある米領の孤島であるが、軍事上の観点から開戦と同時に、第四艦隊を中心とする南洋部隊がこれを攻略することになっていた。ところが、担当の第六水雷戦隊が攻めてみると、敵は若干の戦闘機を持っている。その機銃弾が味方駆逐艦の魚雷弾頭に命中して炸裂、そのために一隻轟沈、その他にも一隻を失い、攻撃は一頓挫し、ハワイ帰りの機動部隊に応援を頼んで来た。

そこで、GF司令部は二航戦（蒼龍、飛龍）と八戦隊にウエーキ攻略の増援を命じた。「利根」「筑摩」は二隻の空母とともに本隊と別れてウエーキに向かった。この攻略戦では八戦隊は一発も砲弾を撃つことなく、ただ空母の直衛を勤めただけである。

二十一日、ウエーキ島の西方に達した二航戦は零戦十八、艦爆二十七をあげてウエーキの米軍を叩いた。日本の駆逐艦をやっつけて意気あがるグラマン・ヘルキャット五機が上がって来たが、真珠湾で初陣を果たした「飛龍」の戦闘機分隊士重松康弘中尉（66期、後にエースとなり戦死後二階級特進）が率いる零戦隊の前に数分であえなく全滅した。

しかし、カニンガム中佐の率いる海兵隊は、この後も海岸とトーチカによって頑強に抗戦を続けるので、二航戦は二十二日、零戦六、艦攻三十三を出してこれを攻め、二十三日にも攻撃隊を出し、やっとウエーキ島を制圧、わが陸戦隊が占領することを得た。

ただし、この作戦で「利根」が前路警戒に出した水偵一機が揚収時転覆大破、また「筑摩」も水偵一を喪失し、いささかの被害があったのは意外であった。

このため、「利根」「筑摩」が瀬戸内海の柱島泊地に帰投したのは暮れも押しつまった十二月二十九日となり、真珠湾大勝の報も、その後のマレー沖海戦、フィリピン、マレー半島上陸作戦などに押されて、あまり騒がれなくなってきていた。

やっと内地の正月に間に合って、凱旋のうま酒が舌に沁《し》みる思いをした「利根」「筑摩」の乗員は、年が明けると早々にまた出かけることになった。こんどは南方である。

真珠湾で大勝利をあげた機動部隊への国民の信頼は高まるばかりで、大本営もこのさい機動部隊を遊ばせておく手はないと使いまくることにした。

一月五日、まず一航戦（赤城、加賀）、五航戦（翔鶴、瑞鶴）が南雲中将の司令部といっしょに出港した。行く先はトラックで、ラバウル攻略作戦に井上成美中将の第四艦隊に協力するためである。

続いて「利根」「筑摩」の八戦隊は、二航戦（蒼龍、飛龍）について出港した。こちらは南方作戦、ボルネオ、スマトラ、ジャワ攻略のいわゆる蘭印作戦の支援である。

南下した第二機動部隊（二航戦、八戦隊主力）は一月二十四日、ジャワ島東方にあるアンボン島の航空基地を空襲した。ところが地上に飛行機なく、港に連合軍艦船はいない。

「何たることだ！」

猛将山口多聞少将（二航戦司令官）は、旗艦「蒼龍」の艦橋でかたわらの柳本柳作大佐（「蒼龍」艦長）をかえりみてそう憤慨した。

――戦争は始まったばかりで、しかも相手は大国ぞろいである。貴重な空母をこんなところで空撃ちをさせていてよいか――。

熱血漢の彼はGF司令部に、「アンボンなどは水上部隊と陸軍に任せておけばよろしい。機動部隊はその脚の長さを生かして、長駆、敵の一大根拠地である要港ポートダーウィン（豪州北西端）を叩くべきである」という意見具申を行なった。

GF司令部はこの意見を入れ、二月中旬、一、二航戦をもってポートダーウィンを空襲することに決した。

二航戦は一航戦と合同し、二月十九日、ポートダーウィンの北方二百マイルに達した。早朝、「利根」の水偵一号機が発艦、午前六時、ポートダーウィン上空に達し、天候報告を行なうことになっていたが、無線電信機の故障のため、「赤城」の南雲司令部はこれを待たずして午前六時二十二分、発艦を開始した。

先頭は真珠湾攻撃と同じく「赤城」の戦闘機隊長板谷茂少佐、総指揮官は同じく淵田美津雄中佐。これに、やはり真珠湾のベテラン「赤城」の巨漢山田昌平大尉（艦攻）、「蒼龍」の名隊長江草隆繁少佐（艦爆）、「加賀」の橋口喬少佐（後に二航戦航空参謀として「飛龍」に移る）、「飛龍」の小林道雄大尉（艦爆、ミッドウェー海戦時ヨークタウンを攻撃して戦死）が隊長として参加。戦闘機も「加賀」の二階堂易大尉、「蒼龍」の藤田怡与蔵大尉（66期、ミッドウェーで十機以上を撃墜、海上に不時着、救助さる。戦後、日航勤務）などベストメンバーでのぞんだ。

攻撃隊は全機で百八十八機。午前八時十分、全軍突撃に移り、ポートダーウィンの軍艦および在泊艦船、軍事施設などを爆撃した。豪州軍のブリュースター・バッファローなど戦闘機が反撃に上がって来たが、またたく間にこれを墜とし、地上撃破を含めて二十六機を撃墜破、それが敵空軍のすべてであった。艦船の方も撃沈、輸送船八、駆逐艦二、大破多数を数えている。

筆者は、昭和四十八年三月四日、ポートダーウィンを訪れ、軍港内の一室に入ることができた。ここは空襲記念館のようになっており、壁の大きな模型地図には、日本軍が落とした百五十三発の弾痕が点々としるされてあった。爆弾は、在泊艦船、軍事施設に適確に集中され、一般市街には一発も落ちてはいない。説明のオーストラリア士官も、「日本軍の爆撃精度はきわめてアキュレイト（正確）だ」と言っていた。

午前十時五分、ポートダーウィンから帰投中の「赤城」の艦攻が、ダーウィンの北方百マイルに六千トン級特殊巡洋艦一隻を発見した。南雲中将は直ちに八戦隊に触接を命じ、二航戦に攻撃を指令した。発艦した「利根」の水偵はこの特巡をとらえ、その位置を報告、山口多聞少将は「蒼龍」「飛龍」の艦爆隊にこの攻撃を命じ、午後三時十二分、これを撃沈、機動部隊の腕の冴えを見せた。

朝飯前という感じで作戦を終了した機動部隊は、二月二十一日、セレベス島東南端のスターリング湾に入り、椰子の木陰でしばしの休養をとった。

次はインド洋作戦である。

目的はジャワ攻略作戦の支援とインド洋の掃蕩、ジャワ島南岸のチラチャップ軍港攻撃である。

まずバリ島南南東に米空母（ラングレー）を発見という報が入り急行したが、これは高雄空の陸攻隊がいち早く沈めてしまったので、さらに敵を求めて西へ向かった。

すでに二月十五日、シンガポールは陥落、二十八日からスラバヤ沖の海戦が始まり、近藤信竹中将の率いる南方部隊（第二艦隊基幹）は英、米、蘭東洋艦隊を圧倒している。このため、インド、豪州方面に逃走する敵艦をジャワ南方海面で捕捉しようというものである。北方でバタビア沖海戦が行なわれている三月一日、夕刻、動機部隊はクリスマス島の近くでアメリカ駆逐艦（エドソール）一、蘭商船一、米給油船一を発見、これを攻撃することとなった。

この米駆逐艦は空母部隊の後方から追跡中という形をとっていたので、「赤城」の司令部は、まず三戦隊（比叡、霧島）、八戦隊にこの「追蹤中ノ敵軽巡（実は駆逐艦、三本煙突のため軽巡とみられた）ヲ撃沈セヨ」という命令を発した。

戦艦二、重巡二がアメリカの旧式駆逐艦の征伐に乗り出したわけであるが、この小船がなかなか沈まない。ここにはしなくも「利根」「筑摩」は前に大西新蔵「利根」艦長が指摘した散布界の拡大を実戦においてテストする機会に恵まれたわけである。（註、機動部隊の草鹿参謀長の回想によると、飛行機が飛ぶばかりで巡洋艦の大砲や水雷戦隊の魚雷はあくびをしているだろうというので、南雲長官に進言して、まずこの駆逐艦を砲撃させることにした、となっている）

スコールの後で空は晴れていたが、海面には少し靄が漂っていた。

このとき、前衛の「利根」「筑摩」は左右に距離を開いており、その中央に「比叡」「霧島」が位置していた。一番早く反転して戦場に到達したのは西方を走っていた「筑摩」である。

「よし、久方ぶりに主砲が撃てるぞ」

「筑摩」の砲術長、北山勝男少佐は後に南太平洋海戦で自分が戦死することになる艦橋上部の主砲指揮所で張り切った。

「左砲戦、逃走する敵の軽巡。左一五度、距離二一〇《ふたひとまる》（二万一千メートル）」

続いて、

「撃ち方始め！」

が下令される。

こういうときは四砲塔全部が前甲板に整備してある「利根」型は有利である。八発の二十センチ弾が米駆逐艦エドソールの方にとんで行く。しかし、初弾命中、というわけにはゆかない。目標が小さすぎることもあるが、小型で身が軽い点を利用して、三十五ノット以上と思われる全速で航行しながら盛んに大きな転舵を繰り返す。大きな水柱が上がったので撃沈か、と思ったが、水柱が沈むとまた艦影が現われ走っているというわけである。続いて三戦隊の「比叡」「霧島」が三十六センチ弾を撃ちこむがこれもなかなか当たらない。「利根」も戦場に到着した。砲術長は横手克己中佐。何を軽巡一隻にこんなに手こずっているのだ、と初弾を発射したが、またもエドソールは大きく転舵し、こんどは煙幕を展張してその中に入ってしまった。

大人四人が小さな子供を相手にしてやっつけそこなっているという形である。後からわかったことであるが、四艦の弾丸はある程度当たっていたのであるが、ブリキ張りのような旧式駆逐艦の装甲はすぽりと突きぬけてしまって、艦内で爆発しないため被害が少なかったのである。

これは、徹甲弾に遅発信管がかけてあって、命中後何秒かたって艦の内部で爆発するように仕掛けてあるからである。むしろ当たったらすぐ爆発する着発信管の方が、結着が早かったであろう。

一方、これを知った「赤城」の司令部は焦った。そろそろ太陽が西の水平線に沈みかけている。このまま夜になって、死に物狂いになった米軽巡に夜戦を挑まれ、空母に魚雷でも打たれてはかなわない。加うるに、天下の機動部隊が小船一隻に、という面子がある。

ついに「赤城」と「蒼龍」に命令が下り、十七機の艦爆がエドソールを爆撃した。上空からの命中弾、とくに舷側の至近弾はブリキ板のようなエドソールの側鈑に大穴をあけ、浸水のため徐々に沈み始めた。

そこへ、一万以内まで追いつめた三戦隊と八戦隊が、三方から副砲、高角砲を撃って、ついに一時間半近くの〝熱戦〟の末これを沈めた。

このとき、日本軍が消費した砲弾は三十六センチ二百九十七発、二十センチ八百四十四発、計一千百四十一発に上っている。

合戦後、横手、北山の両砲術長は、軽快な小型艦艇に対しては一万以内に接近して射撃を開始すべきであった、と所見を述べている。

このとき、「筑摩」掌航海長鷲尾少尉は興味深いシーンを目撃した。蜂の巣のようになった三本マストの敵旧型軽巡は後甲板から沈んでゆく。「筑摩」は敵の両側に出て距離三千以内まで接近、鷲尾は左舷の大双眼鏡で敵艦の様子を見守っていた。先ほどまで最後の抵抗を続けていた軽巡の前部砲塔も、ついに沈黙し、沈没は時間の問題である。夕闇迫る前甲板に水兵がぞろぞろ集まってきた。艦橋から一人の将校が出て来て、艦首に立って何かしゃべっているようである。最後の訓示であろうか。「よく戦ってくれた」とでも言っているのであろう。やがて艦長らしいその男は一人艦橋にもどり、乗員は水中にとびこみ始めた。マストには最後まで星条旗がひるがえり、エドソールは戦闘旗を揚げたまま東インド洋に姿を消したのである。

——敵ながらも天晴れな奴だ……。

鷲尾少尉は感激したが、このシーンを信頼する古村艦長にも話さず胸の中にしまっておいた。というのは、当時、米英撃滅の意気が盛んであったので、アメリカの艦長をほめるのは、少々敵をもちあげるような気がしたのである。

しかし、英戦艦プリンス・オブ・ウェールズ沈没にさいして、フィリップス提督が、「ノーサンキュー」と言って救助を断わり艦と運命を共にした話を聞き、またミッドウェーで山口司令官と加来艦長が「飛龍」と運命を共にした話を聞くたびに、〝アメリカにも武士道あり〟として一陣の清風を彼の胸に送りこむのであった。

このあと、機動部隊はジャワ島南岸のオランダの軍港チラチャップを急襲するため、三月四日、同港に接近した。

この日の夕方、「筑摩」の主砲はふたたび発射のチャンスに恵まれた。オランダ商船エンガノ号（一万五千トン）が発見され、南雲司令部は、この処分を「筑摩」と直衛の「浦風」に命じたのである。「筑摩」の主砲がふたたび火を吐き、こんどは初弾から命中した。目標が大きく運動性が鈍いせいもある。

ところが、先述の徹甲弾を使用したものであるから、二十センチ砲弾は商船の側鈑をぶすりぶすり貫いて海中に入ってしまう。エンガノ号は穴だらけになり火だるまとなってもまだ沈まないので、ついに「浦風」が雷撃によって、これを撃沈した。大西艦長の予告どおり、砲撃に関しては「筑摩」はインド洋で苦い経験をなめたのであった。

三月五日、機動部隊はチラチャップを攻撃、大型商船四、中型十五撃沈の戦果をあげたが軍艦はもういなかった。

一応の目的を果たした機動部隊は、三月十日過ぎ、基地のセレベス島スターリング湾に入ったが、三月下旬、こんどはセイロン島（スリランカ）制圧のため、再度インド洋に入ることになった。

三月二十六日、一、二、五航戦（「加賀」欠）、三戦隊、八戦隊、第一水雷戦隊を基幹とする機動部隊はスターリング湾を出撃、オンバク水道を通ってインド洋に出、四月五日、セイロン島の軍港コロンボを攻撃した。このときも八戦隊は索敵機を発進して、コロンボ港内の在泊艦船を味方攻撃隊に報告した。

このとき八戦隊にとって特筆すべきことは、コロンボ攻撃後、午後一時「利根」の水偵が英軍の巡洋艦二隻を発見したことである。後にこれは一万トン級重巡コーンウォールとドーセットシャーであると判明した。

コロンボ港における獲物が、例によって逃げ遅れた商船ばかりであることに業を煮やしていた南雲司令部は、よき敵御参なれ、と張り切った。直ちに「筑摩」の水偵に触接を命じ、母艦に帰って第二次陸上基地空襲の準備をしていた飛行機部隊にこれの攻撃を命じた。

ここに注目すべきことは、この日からちょうど二ヵ月目の六月五日、ミッドウェー海戦で有名な雷爆転換〝運命の五分間〟の失敗によって、南雲艦隊は惨敗するのであるが、このときすでにミッドウェーの悲劇のリハーサルが為されていたことである。

状況を整理してみよう。淵田中佐の率いる第一次攻撃隊艦攻五十四、艦爆三十八、零戦三十六は、午前十時四十五分、コロンボ上空から突入した。このときは英空軍が誇るスピットファイア十九をはじめ戦闘機多数が反撃したが、零戦は五十一機を撃墜、攻撃隊も大型商船四隻を含む七隻を撃沈、十一時二十八分、淵田総指揮官は「第二次攻撃ノ要アリ」と司令部に打電して帰路についた。

そこで南雲中将は、それまで対水上艦艇用に雷装で待機していた第二次攻撃隊（翔鶴、瑞鶴）の艦攻を陸上用に爆装とするよう命令した。これが約一時間かかる。そして午後一時「利根」の水偵から「敵巡洋艦二隻見ユ」の報が入ったので、ふたたび爆装を雷装に変える指令が出た。これも約一時間かかる。

結局、艦攻は役に立たず。「赤城」「蒼龍」「飛龍」の艦爆計五十三機が発艦、二隻の英巡洋艦をインド洋の海底に送った。

相手が重巡二隻であったからよかったが、空母二隻であったなら、コロンボ空襲によって日本空母の来襲を知り、索敵機を飛ばしてこちらの様子を確かめ、先制攻撃をかけていたに違いない。ミッドウェーの悲劇は、その二ヵ月前、インド洋で生起する可能性があった。

さすがに山口多聞は、「飛龍」をして、雷爆転換の時間を測定させデータをとっている。彼がミッドウェーで「利根」四号機の、「敵ラシキモノ見ユ」という電報を受けとったとき、南雲長官あて「直チニ発進ノ要アリト認ム」と意見具申したのは、このような具体的なデータに基づくもので、いたずらに突撃にはやったのではない。名将と呼ばれるべき所以であろう。

なおこの二隻の重巡攻撃のさい、「蒼龍」江草少佐の率いる艦爆隊五十三機の平均命中率が八十八パーセント、「赤城」「飛龍」のそれが九十四パーセントという想像に絶する高率であったことは有名で、日本の機動部隊のピーク時の練度を示すものとして語り草となっている。

さて、今、敵に空母がいたならば、と書いたが、実際に空母はいたのである。

機動部隊はさらに敵を求めて、九日朝、セイロン島北東岸のツリンコマリを攻撃することにした。早朝「利根」の水偵が天候偵察に出る。ついで攻撃隊発進。戦果はコロンボとほぼ同じであった。この日も陸上基地攻撃終了後、午前十時五十五分、「榛名」三号機がイギリスのハーミス型（一万トン）小型空母発見を報じた。

このときも第二次攻撃隊として待機中の艦爆八十五機が十一時四十三分発艦、午後一時三十五分から五分間の猛攻でこの小型空母を轟沈した。

ハーミスは飛行機をすべてコロンボ、ツリンコマリの軍港に残して逃走中であったので、わが機動部隊に損害はなかった。ハーミスが攻撃機を搭載していて、わが空母を先制攻撃したならばある程度の被害はまぬかれ得なかったであろう。このあたりまで、機動部隊はツキにツキまくっていたのである。

そして、一ペンにツキの落ちる運命のミッドウェー海戦を迎えるのである。

痛恨ミッドウェー

海軍少尉高杉栄一（筆者と同期）は、十七年四月一日、中尉進級と同時に「利根」乗り組みを命じられた。

開戦以来、彼は空母「龍驤」に乗っていた。「龍驤」は角田覚治少将の率いる四航戦に属し（といっても「龍驤」一隻だけであるが）、開戦直前から南方部隊と協力して蘭印作戦に従事していた。同じ機動部隊に属しながら、一艦だけ単独行動をとっていたのである。

昭和八年進水のおんぼろの「龍驤」と違って、新鋭艦の「利根」は万事新しくて気持がよい。新品中将の高杉は副長付、甲板士官、運用士兼応急指揮官付を命じられた。副長は兵学校時代、教官であった山屋太郎中佐。甲板士官は艦内軍規風紀を取り締まり、士気を盛り上げる原動力である。朝から晩まで各甲板を駆け回り悪いところはびしびし直すし、別科（体育）時には下士官兵とともに汗を流す。青年士官としてもっともやり甲斐のある配置である。

しかし、戦闘配置となると少々地味である。応急指揮官の副長とともに中甲板の応急指揮所に詰めて、防火防水の指揮をとる。上部の戦況はほとんどわからない。ここが忙しくなるのも困るが、何もないと暇である。

高杉が呉で着任し、瀬戸内海と土佐沖で訓練に従事し、また呉に帰って来ると、どこからともなく次はミッドウェーをやるそうだという噂が広まっていた。上陸して料亭に行くとエス（芸者）やメイド（女中）までが、

「次はミッドウェーなんですってね。その次はハワイだそうで」

などと知ったかぶりをして言う。

――こんなに秘密が漏洩していてよいのか……。

血の気の多い高杉は、下士官兵に機密保持のことは厳しく申し渡し、またケプガン（第一士官次室＝ガンルーム長）でもあるので、若手士官たちにもその旨を知らせておいた。しかし、どうも火の手は上部の高級士官や参謀あたりから出ているらしい。こんなに思い上がっていると、今に大変なことになるぞ、と考えていると、本当にミッドウェーに行くことになり、五月二十七日、機動部隊の前衛として柱島泊地を出港することになった。

しかし、艦内は、真珠湾以来のお祭り気分が抜けていない。行けば必ず勝つものと決めている。ミッドウェーに上陸する陸軍も、すでに輸送船に乗っているし、六月五日に上陸するので、水無月島と命名するのだと島の日本名も決まっている。何とも手回しのよいことであ

る。五月二十七日は海軍記念日だ。またもZ旗で大勝利だという気分が全艦隊にみなぎっている感じで、高杉はひそかに眉をひそめていた。

そしていよいよ攻撃予定日の六月五日が近づいて来た。機動部隊の編制は一、二航戦、三戦隊（霧島、比叡）、八戦隊、十戦隊（水雷戦隊）で、五航戦がいないのが少し淋しい。

こんどはGFも本格的決戦というかまえで、山本長官は「大和」に座乗、「長門」「陸奥」を従えて後方三百マイルを続行、第二艦隊の巡洋艦群も近藤信竹中将に率いられ、攻略部隊として参加することになっていた。

そして、当日の六月五日。

南雲司令官が一番心配しているのは、敵の空母が果たしているかいないのか、ということである。ＭＩ（ミッドウェー）作戦の目的は、「ミッドウェー島を占領し、併せて出現する敵艦隊を撃滅せよ」ということになっているが、機動部隊としては、島の占領よりは敵空母との決戦が眼目であることはいうまでもない。

一月、潜水艦がレキシントン（実はサラトガ）撃沈（大破）を報じ、五月、珊瑚海でサラトガ（実はレキシントン）を沈め、ヨークタウンを大破せしめたが、まだエンタープライズとホーネットが残っているはずである。これがどこにいるのかによって作戦の立て方が違ってくる。

四日の夕方、すでにアメリカの双発の飛行艇がやって来たので、こちらの位置は敵に知れているると考えてよい。しからば、こちらも敵空母の位置を知っておかねば危ないのではないか。前夜、青年士官たちがそんなことを口にしているのを耳にしながら、五日早朝、起床した高杉は肌着を更め、早飯を食うと戦闘配置の中甲板応急指揮所に入り、山屋副長と打ち合わせを行なった。

艦橋では、まだ暗いうちから司令部や艦長、飛行長が色めき立っていた。司令官はハワイ作戦と同じく阿部少将、艦長も岡田大佐、飛行長も武田春生大尉でぴったり気があっている。先任参謀は土井美二《よしじ》中佐である。

この作戦で八戦隊に課された最大の任務は索敵であった。MI海域の日出は午前一時五十二分（東京時間）である。索敵機発進時刻は日出前の午前一時三十分と定められていた。この日の索敵は八戦隊（各二機）と「赤城」「加賀」「榛名」各一機計七機となっており、各路線一回の一段索敵となっていた（これが作戦の不備として後に叩かれる大きな原因になる）。

このうち「利根」一号機、四号機は東南東、東のもっとも敵の出現する可能性のある方向を受けもち、「筑摩」一号機、四号機がさらにその北方を担当、進出距離は三百マイルと決められていた。

「利根」の武田飛行長は、前夜ほとんど寝ないで二機の索敵機の整備に万全を期した。自分が行きたいのは山々であるが、航空参謀がいないから艦に残ってくれと岡田艦長に言われ、兵曹を機長に出すことにした。

武田飛行長の努力にもかかわらず「利根」の索敵機の発艦は遅れた。東南東を飛ぶ一号機の発艦が午前一時四十二分、そしてほぼ東を飛ぶ四号機（この機が機動部隊の運命を左右することになる）は午前二時に発艦した。南雲司令部の予定発進時刻は午前一時三十分であるから、四号機はほぼ三十分遅れたことになり、これが、〝運命の五分間〟に関係してくるのである。

四号機の機長は、最近、水上機母艦「千代田」から転勤してきた甘利一飛曹で、操縦員は大熊一等飛行兵である。

なぜ発艦が遅れたのか？　これには今でも疑問が残っているが、阿部司令官が対潜警戒機を先に発艦させたことと、カタパルトに故障があったのではないかといわれている。しかし、武田飛行長は戦後の回想で、「カタパルトに支障はなかったと思う」と述べている。

一方、「筑摩」の方も少し遅れて、一号機が午前一時三十五分、四号機が一時三十八分の発艦となった。一号機は七七度線を飛び、「利根」四号機のすぐ北を飛ぶ重要路線である。これは飛行長の黒田信大尉（66期、旧姓都間《つま》、筆者より二期上）が機長として乗りこみ、ちょうど敵機動部隊の上空を飛んだが、そのあたりは雲が低かったため発見ができなかった。これが発見できておれば、第一次攻撃隊長友永大尉の「第二次攻撃ノ要アリト認ム」という電報よりも早く、「敵空母見ユ」という無電が南雲司令部に到達していたわけで、雷爆転換を行なうことなく、村田重治少佐率いるところの雷撃隊は、このまま敵空母めがけて突入したものと思われる。

攻撃隊の方に目を移して見よう。「飛龍」艦攻隊長友永丈一大尉の率いる艦攻、艦爆、零戦併せて百八機の攻撃隊は午前一時三十分より発艦を始め、二百十マイル東方のミッドウェーに向かった。

この隊は陸用爆弾を搭載しており、ミッドウェー島の陸上施設に損害を与えたが、敵地上砲火ならびに戦闘機の反撃が強く、かなりの被害が出た。そして友永機の偵察員橋本大尉は、午前四時、「第二次攻撃ノ要アリ」という電報を南雲司令部あてに打電した。

このとき「利根」四号機を含む七機の索敵機は、まだ敵を発見してはいなかった。

そして攻撃隊が母艦に辿りついた頃、友永大尉や後席の橋本大尉が見たのは、大きな水柱におおわれる「飛龍」の姿であった。

「隊長！　母艦が……」

しかし、この水柱はB17編隊が高々度から投下した爆弾によるもので、水柱が海面に吸いこまれると、また驀進中の「飛龍」の姿が現われた。

しかし、この頃、四隻の空母は群がる敵機に囲まれて、それぞれに回避を繰り返していた。ミッドウェー島から飛来した双発のマーチンB26マローダー、ダグラス・ドーントレス急降下爆撃機、アベンジャー雷撃機などがつぎつぎに襲撃しては零戦と対空砲火の前に海中に消えた。この段階で、機動部隊はまだ無敵であった。

「赤城」の艦橋も楽観ムードである。敵機はやって来るが、基地の飛行機らしく爆撃も雷撃も拙劣で、概ね零戦がかたづけてくれる。敵空母はいないようだ、というのが草鹿参謀長たちの考え方であった。いるならば天明とともに攻撃隊を発進させ、今頃は四隻の空母に殺到しているはずである。

確かに米空母の攻撃隊発進は遅れていた。彼らは、この朝、日本の全空母を発見するのに手間どり、ばらばらに発艦し、先に発艦したエンタープライズの艦爆隊は二時間以上もナグモのキャリアー（母艦）を探していた。その間にホーネット、ヨークタウンの雷撃隊が、午前六時すぎから雷撃を開始してしまったのである。

草鹿参謀長は友永大尉の「第二次攻撃ノ要アリト認ム」という電文を読むと、南雲長官と相談して、再度ミッドウェーをやるため雷装にしてあった艦攻を、爆装に変えることにした。「赤城」「加賀」の格納庫は急に騒音に包まれた。（註、「飛龍」「蒼龍」は第二次に艦爆を出す予定になっていた。このとき、艦船用の通常徹甲弾を吊っていたのを、陸上用に瞬発爆弾に変える命令が出たのか、そして実際に陸用爆弾に変える作業を開始したのか、正確な資料がないのでわからない）

このように機動部隊が敵機の雷爆撃を避けながら、雷爆転換をやっていたところへ第一次攻撃の友永隊が帰って来たのである。

そして午前四時二十八分、索敵線を飛んでいた「利根」四号機の甘利兵曹は、前方に米機動部隊を発見した。ただし、初めから空母をキャッチしたのではない。彼はまず、こう打電した。

「敵ラシキモノ十隻見ユ、ミッドウェーヨリノ方位一〇度、二百四十マイル、針路一五〇度、遠方二十ノット以上」

これが事実とすれば、機動部隊からの距離は北東百九十マイルということになる。

敵は近い！と「赤城」の艦橋は色めき立った。

ところが、この報告による米機動部隊の艦位には誤りがあったことが戦後指摘された。実際の艦位よりも、北へ七十マイルほどぶれていたのである。なぜこのような誤差が出たのか？

ここで、当時、八戦隊先任参謀であった土井美二中佐に登場願おう。土井参謀は「利根」四号機のコンパス（羅針儀）が狂っていたのではないか、と指摘する。内地出撃の直前「利根」に搭載したのが四号機ではなかったか、と土井参謀は言う。

飛行機は磁気コンパスを使用しており、この種のコンパスでは偏差と自差の修正が必要である。偏差は地球上のある地点に対する磁場の影響によるもので、これはどの飛行機も公平に影響を受ける。「利根」四号機の偵察員もこの修正は忘れなかったと思う。

問題は自差である。自差はそれぞれの飛行機による針の狂いである。「利根」四号機については、作戦終了後、司令官が原忠一少将に変わった後、自差測定を行なったところ右へ一

○度ブレていたことがわかったと土井参謀は言う。逆に言えば右に一○度ブレていたから敵機動部隊を発見でき得たのだとも言える。

しかし、東へ三百マイルに進出して、北に三十マイル進み、さらに西に変針して母艦への帰路米空母を発見したとして、予定よりも南を飛んだからと言えるかも知れないが、なぜ艦位が七十マイルも北に報告されたのか？　少し数字が大きすぎるようである。自差だけが原因とは断定できない。ただし、右へ一○度ブレていたため敵空母を発見し得たというのは、次の点とともに重大な指摘であるといえよう。

次に、アメリカの戦史家は、「利根」四号機の発見が三十分遅れたため米空母の発見が三十分遅れた。そのため、〝運命の五分間〟の遅れを生じたのだと主張する。

しかし、事実は逆のようである。三十分遅れたために発見できたのである。三十分早ければ、時速百二十ノットとして六十マイル（百十キロ）は飛びこしているのであるから発見は困難であったと思われる。さらに、「利根」四号機は発進が遅れたため予定変針地点よりも早目に反転したという説もある。従来の戦史家と逆の見方をすれば、「利根」四号機は発艦が三十分遅れ、コンパスの自差を修正せずに飛んだため米機動部隊を発見できたのだという仮説が成り立つわけである。

目を四号機上の甘利兵曹に移そう。発艦が遅れたので彼もいらいらしていた。この戦いで、敵機動部隊がいるかいないか、またどのようにして早期に発見できるかが勝敗の分かれ目であることは彼もよく知っていた。したがって断雲の切れ目から十隻ほどの艦型の違う艦隊を発見したとき彼は胸が躍った。電鍵を打つ手ももどかしく彼は、「敵ラシキモノ見ユ……」という有名な電文を叩いたのである。

一方、「赤城」の艦橋で、午前四時二十分発のこの電報を手にした草鹿参謀長は唸った。

「今頃遅いぞ。すぐに『敵ノ艦種知ラセ』とやれ！」

彼は通信参謀にそう言った。

「赤城」の格納庫では、第二次攻撃のため雷装を爆装に変える作業が今やたけなわである。

二百マイル東方の海面では、機の高度を下げた甘利兵曹が双眼鏡にあてた眼を大きくして断雲と敵艦が入りまじる海面を睨んでいた。巡洋艦や駆逐艦が、水スマシのように波を蹴立てながら南東に進んでいる。いかにも涼しそうである。

彼はふたたびキイを叩くと、

「敵ハ巡洋艦五、駆逐艦五ナリ、〇四五八」

と打電した。

問題は空母である。草鹿参謀長も、甘利兵曹も一番の眼目はそこにあった。

そして、最初の発見から一時間近く後、彼は前衛の駆逐艦の後方から水尾を引いて悠々と進む大きなワラジのようなものを発見した。

――いた！　やはり……。

彼の電鍵が、また慌ただしく鳴った。

「敵ハソノ後方ニ空母ラシキモノヲ伴フ、〇五二〇」

受信した「赤城」の艦橋は沸いた。待望の空母がいたのだ。

しかし、難しい顔をした草鹿は、南雲と相談の結果、直ちに艦攻の爆装を雷装に変えることにした。もうミッドウェーの陸地などにこだわってはおられない。空母の決戦あるのみだ。

指令は二航戦にも伝えられた。そのとき艦橋へ登って来た飛行服の男がいた。空母部隊の名物男、〝ブーツ〟こと村田重治少佐である。仇名の由来はいつも飛行靴をはいているためとも、男性のシンボルが巨大であるためともいわれる。

村田は艦長の青木大佐と草鹿参謀長の方を見ながら、

「直ちに艦攻隊を発進させて下さい。まだ半数は雷装のままです。残りは陸用爆弾でもかまいません。相手は空母です。飛行甲板に穴をあけてしまえばもう飛べないのです。ぐずぐずしているとこちらが危ないですぞ」

と強く意見具申をした。

そのときこれを遮ったのは航空参謀の源田中佐である。

「今、戦闘機をおろして燃料と弾丸《たま》を補給している。直掩がついてゆかないと、敵にとっつく前に、喰われてしまうぞ」

源田は最前から来ているアメリカの攻撃機が、直掩の戦闘機を伴わぬため、みすみす海中に消えてゆくのを目撃していたので、十機でもよいから艦攻隊に戦闘機をつけてやりたいと考えていた。

二航戦の山口多聞から、

「直チニ攻撃隊ヲ発進セシムル要アリト認ム」

という有名な意見具申の電報が「赤城」にとどいたのはこのときである。

二航戦では艦爆三十六機が待機している（徹甲弾か陸用爆弾かはわからない）。これで敵の飛行甲板を破っておいて雷撃をやっても遅くはあるまいというのが猛将山口の考え方で、これは、この場合の良策といえた。しかし、「赤城」は、爆弾を雷装に転換することと戦闘機の補給に熱心で、山口の提案は握りつぶされてしまった。

簡単な計算をしてみよう。エンタープライズの急降下爆撃隊が発艦したのは午前四時、一時間遅れて午前五時、ホーネットの雷撃隊が、続いてヨークタウンの雷撃隊が発艦している。してみると、午前五時二十分の「敵ハ空母ラシキモノヲ伴フ」という電報を見て、すぐに村田の雷撃隊や二航戦の艦爆隊が発艦しても、米空母に到着した頃、相手は飛行機なしの空船であったろうと思われる。（註、なお、「利根」四号機が発見したのは、フレッチャー少将の指揮するヨークタウンで、十キロ以上後方を走るエンタープライズとホーネットはまだ発見されていない）

してみると、敵発見の入電後直ちに発艦しても米攻撃隊を阻止することはできなかった。

こちらの飛行機の半分が空中にあがっているため、誘爆の被害を半減できたということになるかも知れない。

「筑摩」の生き残りの乗員に聞いたところでは、この日、「筑摩」の水偵が敵を発見した後、「我レ触接中」「我レ敵戦闘機ノ追蹤ヲ受ク」と打電し、消息を断ったとある。あるいはこの機がスプルーアンスの第二群、エンタープライズとホーネットを発見したのかも知れないが、これは「赤城」「加賀」がやられた後のことと思われる。

ただし、「筑摩」の四号機と交替のため午前六時三十分発艦した五号機は、七時三十分頃ヨークタウンらしい空母を発見している。この時点で同空母はミッドウェーの北百三十マイルまで南下していた。同機はさらに「巡洋艦五、駆逐艦五」と報告して来たが、残念ながらこれは「赤城」ほか三艦が被爆した後のことであった。

ミッドウェー海戦では、「飛龍」の攻撃隊の活躍と四空母の被爆が主として語られているが、アメリカ側のデータとつき合わせてみると、偵察機の索敵の面でも問題点が少なくはない。先に甘利兵曹の「利根」四号機が午前四時二十八分ヨークタウンらしい米空母を発見したと書いたが、米軍の記録によると、このときエンタープライズは攻撃隊を発艦中であった。

「日本機らしい水上機一、南方上空!」

と見張員が告げた。

このとき第十六機動部隊（エンタープライズ、ホーネット）を率いるスプルーアンス中将は迷っていた。米索敵機は午前二時三十分、日本の空母二隻（赤城、加賀）を発見している。しかし、手持ち全機をこの二隻に投入するのは危険である。前日の飛行艇の報告によると、日本の空母は四隻いるという。

加うるにグラマンF4Fワイルドキャット戦闘機は、零戦にくらべてはるかに脚（航続距離）が短い。スプルーアンスはブロウニング参謀長の、「もっと肉薄してから発進すべきです」というアドバイスをいれて発進を遅らせることにした。後にマリアナで日本軍と戦うことになるスプルーアンスは慎重な提督であった。

しかし、午前四時半、日本の水上機に発見されたとなると彼も焦って来た。参謀長のブロウニング大佐は猛将といわれたハルゼーの参謀長であったが、ハルゼーが全身湿疹という奇病でハワイの病院にいるため、スプルーアンスの下について出撃したものである。

こんどはブロウニングが強気であった。

「提督、オールド・モンキー（ハルゼーの仇名）なら、ここで全力突撃すると思うね」

そこでスプルーアンスも覚悟を決めて、全機を発進させることにした。進撃している間に別の二隻も見つかるだろう、と彼は神頼みをしていた。しかし、別の二艦は発見できず、先発の爆撃隊にはぐれた戦闘機隊はミッドウェーに不時着し、裸になった雷撃隊は母艦を捜し回っている爆撃隊よりも早く日本の空母を発見し、突撃したが、隊長リンゼー少佐らをはじめ、全機が水中に没し、命中魚雷は零、生きて帰ったのはただ四機という惨状を呈した。

スプルーアンスの最初の目算では、まず戦闘機隊の半数と爆撃隊を発進せしめ、ついで第二次の空母発見で戦闘機の残りと雷撃隊を出すつもりであったが、日本の水上機に発見されたので、怯えて全機発進せしめたための悲劇であった。

こうなると、エンタープライズに発見されたのが、「筑摩」四号機であるという可能性も出てくる。しかし、四号機の報告は「空母一」である。また報告機位がズレてもいるので、この謎は未だに解けない。

話を急ごう。

周知のように雷爆転換と戦闘機の補給に手間どっていた「赤城」「加賀」「蒼龍」に爆弾が命中したのは、午前七時二十四分からわずか四分間の出来事であった。旗艦を含む虎の子の空母三艦が四分間で火だるまになってしまったのである。「赤城」と「加賀」をやったのはエンタープライズのマクラスキー隊で、「蒼龍」をやったのは遅れて発進したヨークタウンのレスリー少佐の隊である。

この後の三空母の最後についてはよく知られており、筆者も再三書いているので、このあたりで「利根」の中甲板に目を移してみよう。

甲板士官の高杉中尉は、応急指揮所で副長と睨めっこをしていた。ところが、二機の索敵機が発進してから三時間ほどたつと、上甲板からどかん、どかんという音が伝わって来た。高角砲を撃っているな、と考えていると、だだーん！　と大きく艦が揺れた。

「主砲ですね、副長！」

「うむ、敵は近いらしい」

　このとき山屋副長が敵といったのは敵機のことである。ミッドウェー島から発進したマーチンB26双発爆撃機や、ドーントレス急降下爆撃機が攻撃を始めたのである。この日の警戒航行序列は、前衛が右から「利根」「筑摩」、中央に「榛名」、その後方に四隻の母艦群、その中央後方に「金剛」という順序になっており、艦隊針路は南東なので、ミッドウェーから来た攻撃隊が真っ先に発見するのは「利根」という形になっていた。米軍の爆撃は主として空母を攻撃したが、なかには手っとり早い「利根」に肉薄して来るのもある。B26の雷撃に対して、「利根」は主砲をぶっぱなしたのである。

　続いて高杉は、艦が大きく転舵するのを感じた。まず左へ艦体が傾く。面舵（右へ転舵）である。陸上の人には不思議かも知れぬが、水面の船は右へ転舵すると左へ傾く。艦橋では、岡田艦長が航海長とともに必死になって魚雷の回避を行なっていた。

　――命中したら即座に防水だ……。

　高杉は緊張した。そして、高杉の腕時計の針が七時を回ってまもなく、

「『加賀』火災、『赤城』『蒼龍』火災！」

という叫び声が艦橋から伝わって来た。

「いかん、やられたか！」

副長は、「高杉中尉頼む」と言い残して艦橋に上がって行った。「利根」の任務は空母の直衛であるから、被災と同時に次の指令が下るはずである。

果たして「利根」「筑摩」は炎上する空母の防火注水を命じられて、これに接近、なおも襲って来る敵機をふり払いながら、消防ホースで放水を続けた。風向が変わると火の粉が「利根」の方に降って来る。

「潜水艦をよく見張れ！」

艦橋では阿部司令官がそう叫んでいた。この作業中に潜水艦の雷撃を喰ってはひとたまりもない。

一方、「筑摩」の艦橋にいた掌航海長の鷲尾少尉は、この戦史に残る悲劇をまざまざと目撃した。

「『加賀』炎上します！」

右舷の見張員、高橋兵曹が絶叫する。

七時二十四分である。

「なに、『加賀』が⁉」

左舷にいた鷲尾は、信じられないという表情で右舷に移った。「加賀」は艦橋と飛行甲板中部から大きな火焔を噴き上げていた。

――止んぬるかな、不敗の空母が……。

「『加賀』、四弾命中の模様、艦橋も燃えている！」

鷲尾はとりあえずそう報告した。「加賀」艦長岡田次作大佐はこのとき艦橋への直撃弾によって即死していた。

すると鷲尾の大双眼鏡の左隅でぽか、ぽかっと赤い火柱が立ち、続いて「加賀」の右方にも火柱が立った。

——いかん、またやられたか……。

「『赤城』火災、『蒼龍』火災！」

報告しながら鷲尾は夢であってほしい、と思った。信じ切れなかった。白昼の夢魔とでもいうべきか。

艦橋の阿部司令官も、ぐっと唇を噛みながら、燃え上がる三空母を眺めたが、「赤城」の将旗が下ろされるのを見るや、直ちに、

「我レ今ヨリ機動部隊ノ指揮ヲトル」

という信号を全艦隊に知らせた。南雲中将（36期）に次ぐ先任者は三十九期の阿部少将である。すると折り返し、二航戦の山口少将から、

「我レ、今ヨリ航空戦ノ指揮ヲトル」

と信号して来た。

「多聞丸め……」

阿部は苦笑いした。四十期の山口多聞は阿部より一期下である。しかし、強気の山口は、一艦だけ残った「飛龍」を指揮して果敢な攻撃を敢行せんとしているのであった。

このあとの「飛龍」の攻撃と、その悲壮な最後についてはよく知られているが、ここでは八戦隊の動きを追ってみたい。

まず、「敵ラシキモノ見ユ〇四二八」を打電した甘利兵曹の「利根」四号機である。この機はその後も敵空母（ヨークタウン）に触接していたが、意外に燃料消費が早いので、「我レ今ヨリ帰途ニツク〇五三四」と発信した。これに対し、「赤城」の南雲司令部は「長波《ちようは》ヲ幅射セヨ〇五五四」と返信した。長波を出させてその方向を確認して、その方向に攻撃隊を向かわせようというわけである。四号機がこれを受信したかどうかは不明で、長波は発射されなかった模様である。

四号機はさらに、「敵攻撃機十機貴方ニ向カウ〇五五五」と報じて来た。これはヨークタウンの雷撃隊であろう。この攻撃隊が七時過ぎに来襲することは想像できたはずであるが、受信した「赤城」の司令部がなおも雷爆転換に固執していたのは理解に苦しむ。そして「我レ燃料不足、触接ヲ止メ帰途ニツク〇六三〇」と報じ帰途についた。この機は七時三十分頃機動部隊上空に帰投した。

そして甘利兵曹が見たものは、炎上する巨大な熔鉱炉のような三隻の空母であった。何も知らなかった甘利は驚いた。

——畜生、やられたか……。

彼は座席の中で地団太を踏んだ。

——敵の空母は無傷だというのに、味方が三隻もやられるとは何ごとか……。

このくらいなら自分の水偵も爆弾を携行して、せめて一弾なりとも飛行甲板にお見舞いして来るべきだった。甘利の脳裡を襲った想いはそれであった。

この後、甘利機は収容してもらおうと「利根」に接近したが、「利根」は「赤城」の防火の途中、一艦だけ敵に肉薄攻撃する「飛龍」に随伴を命じられたので、針路を北東にとり、この機が揚収されたのは午前八時四十七分のことであった。燃料残額は五十リットルであった。

これより先、八戦隊阿部司令官は善闘した「利根」四号機の後つぎを考え、「筑摩」にその交替を命じた。黒田飛行長は一号機で飛行中であったので、古村艦長は五号機を出すことになり、同機を午前六時三十八分発進させた。

この機は午前七時三十分、ちょうど福岡兵曹長が空母の上空に帰投した頃、米空母（ヨークタウン）を発見し、さらに七時四十五分、次のように打電した。

「更ニ敵巡洋艦五、駆逐艦五見ユ、ミッドウェーヨリ一〇度百三十マイル」

この頃、「飛龍」は敵空母の方に直進していたが、山口二航戦司令官は、午前八時、右の「筑摩」五号機に「敵空母ノ位置知ラセ、攻撃隊ヲ誘導セヨ」と命令電を発した。これに対して同機は「敵空母ノ位置、味方ノ七〇度（東北東）九十マイル、我レ今ヨリ攻撃隊ヲ誘導ス〇八一〇」と打電し、反転して攻撃隊を出迎えるよう飛行した。

「飛龍」とヨークタウンとの距離は、わずかに百三十キロ（東京～富士間）に迫っていた。五号機は容易に味方攻撃隊を発見した。第一次（朝から数えれば第二次）攻撃隊は小林大尉の率いる艦爆十八機で、五号機に誘導されてヨークタウン上空に達し高度四千から突入、同空母に五弾を命中させ、飛行機の発着不能、航行能力五分の一の損害を与えた。

「筑摩」五号機は誘導の責任を果たした後、いったん東方に避退、味方艦爆の爆弾がつぎつぎにヨークタウンの甲板に火花を散らすのを、快哉を叫びながら眺め下ろしていたが、ふいに視線を東方に転じて驚いた。そこにまた一隻の空母が悠々と北に進んでいるのを発見した。

――や、新手《あらて》が見つかったぞ……。

同機の偵察員は慌ただしくキイを打った。

「サラニ敵空母一隻見ユ、ミッドウェーノ三三五度百三十マイル、針路二〇度、〇九二〇」

これはおそらくエンタープライズであろうと思われる。この時点では、かなりヨークタウンに接近していた。

折りから「飛龍」の艦上では第二次攻撃隊、艦攻十機、零戦六機が発進の準備に懸命になっていた。攻撃隊長は朝の第一次攻撃を率いた友永大尉である。

艦橋の山口少将は、「サラニ敵空母一隻見ユ」という電文を受けとると、これを鷲づかみにして飛行甲板に降りて来た。搭乗員が整列すると山口は、司令官自ら「筑摩」五号機が報じた電信紙を振りながら訓示をした。

「いいか、もう一隻新手が現われたんだ。先に一隻やっつけたから、こんどはこの新しい奴をやってくれい。こいつをやれば、残りはおそらく一隻だ。機動部隊は今や諸君だけになってしまったんだ。頼む！」

このとき友永大尉が片方しかない燃料タンクで、「敵は近いんだ。片タンクで沢山だ」と言って、発艦したのは有名な話である。

友永隊はふたたび「筑摩」五号機に誘導されるはずであったが、それ以前に、無傷で東へ向かっている米空母を発見、これを雷撃して三発を命中させ停止、傾斜せしめた。しかし、これは応急修理をして逃走中のヨークタウンで、エンタープライズとホーネットは未だに無傷でその東北方を航行中であった。ただし、両艦とも飛行機はすでに全機発艦し、雷撃隊の大部分は海底へ急ぎつつあった。

この頃、日本軍は駆逐艦が拾い上げた捕虜の情報によって米軍は三隻の空母を行動させていることを知った。二隻はやっつけた、あと一隻だというので山口以下「飛龍」の乗員は張り切った。しかし、残存機はあまりにも少ない。山口は薄暮攻撃を考え、北西に一時避退した。そして運命の午後二時一分、上空からの奇襲によって「飛龍」も四弾を喰い大火災を生じるにいたった。

「筑摩」五号機は、友永隊の第二次攻撃の頃から応答がなくなり、帰艦もしなかった。敵機に撃墜されたものとして艦長は戦死と認めた。敵空母追跡の慌ただしさにかくれて五号機の行方はあまり問題にされなかったが、艦橋にいた鷲尾少尉は善戦した五号機の乗員のことを考え、暗い気持になった。

消息を絶った索敵機は、「筑摩」五号機だけではなかった。この少し前、南雲司令部は第二次索敵機の発進を命じ、八戦隊からは、「利根」三号機、四号機、「筑摩」四号機（飛行長黒田大尉がふたたび搭乗）、同二号機が発進していた。四機はさっそく新手の空母の位置を求めて北東に飛行した。

このうち、「利根」三号機（機長長谷川忠敬中尉、大岳一飛曹同乗）は、午後十二時四十五分、「敵巡洋艦ラシキモノ六隻見ユ」と打電した後、「我レ敵戦闘機ノ追蹤ヲ受ク」と打電して行方不明になり、戦死認定となった。誰に知られることもなく敵戦闘機に取り囲まれて海上に消える。ここにも縁の下の力持ち偵察機の地味な悲劇があった。

「利根」四号機も、その後、敵機に追いかけられて帰途につき、「筑摩」四号機はエンジン故障のため帰還、同二号機のみが午後二時十五分以降、引き続き敵空母部隊（この頃は三隻の位置がわかっていた）に触接した。

このときすでに「飛龍」は被爆し、味方には航空兵力はなかったが、水雷屋出身の南雲中将は得意の水雷戦隊による夜戦で敵空母を屠ろうと考えていたので、なお触接の必要はあったのである。

しかし、夜半、山本五十六は「ＭＩ作戦中止」を打電、八戦隊も、地味ではあるが多事多難であった索敵と直衛の仕事を終わったのである。

マリアナへ

ミッドウェーで惨敗を喫した機動部隊は、臥薪嘗胆《がしんしょうたん》——その復讐の機を狙った。司令官が阿部少将から原忠一少将に代わった八戦隊も、心を同じくしてつねにこれに随伴した。

八月七日、連合軍はガダルカナル島に上陸し、ここにソロモンの消耗戦が始まり、戦場は南半球に移った。米軍のサラトガ、エンタープライズ、ホーネット、ワスプなどがこの方面に集結しているという情報が入った。

——よし、今度こそ……。

ミッドウェーと同じ司令部を乗せている「翔鶴」は、秘策を胸に秘めて南下した。そして八月二十四日、空母対空母の第二次ソロモン海戦が生起した。

このとき、「利根」「筑摩」は珍しく二手に分かれて行動した。「筑摩」は「翔鶴」「瑞鶴」を中心とする第三艦隊（機動部隊）の主隊、旗艦「利根」は「龍驤」を中心とする支隊に属し、八戦隊原司令官は支隊の指揮官を兼ねた。

　この作戦で、「利根」はまたもや急降下爆撃機や雷撃機多数をひきうけて奮戦したが、「龍驤」はサラトガの攻撃隊を一手にひきうけてついに沈没してしまった。

　南雲中将直率の主隊は奮戦して、宿敵エンタープライズに三弾を命中させ大破炎上せしめた。味方の空母には被害がなかったから、まずは引き分けとみてよかろう。

　この作戦でも「筑摩」の水偵から犠牲者が出た。午前九時発進した「筑摩」二号機は最南端の索敵線を飛んでいたが、午後十二時五分、「敵大部隊見ユ、我レ戦闘機ノ追蹤ヲ受ク」と打電して消息を断ってしまった。しかし、司令部はこの無電を頼りに午後十二時五十五分、攻撃隊を発進せしめた。

　続いて「筑摩」から発進した五号機は、午後二時五十分、敵艦隊を発見したが、そのとき第一次攻撃隊は「筑摩」二号機の路線を進んで敵空母二隻を発見、二手に分かれて攻撃中であった。

「敵防御砲火ヲ認ム、第一次攻撃隊攻撃中ナリ」

　こう打電して五号機は直ちに敵の戦闘機に追いかけられ、その後の触接は不可能となった。

　このようにして報復を誓った第二次ソロモン海戦も引き分けに終わり、ついに迎えたのが十月二十六日の南太平洋海戦である。このときの「筑摩」の奮戦ぶりは冒頭に書いたとおりであるが、このとき本編の登場人物にとって小さな再会のドラマがあった。

開戦時の「筑摩」飛行長小野次朗大尉は、ミッドウェーの前に黒田大尉にバトンを譲って、ソロモン群島ショートランド島の水上機基地飛行長を勤めていた。

十月二十六日午前十時頃のことである。一機の零式水偵が慌ただしく海面に着水した。近づいて来るのを見ると「筑摩」の水偵である。しかも座席で手を振っているのは見覚えのある福岡兵曹長ではないか。

「おーい、福岡兵曹長、どうしたんだ？」

小野は懐かしそうに水偵の方に近よった。

「やあ、飛行長、えらいことになりましたよ」

福岡は機から降りながらそう叫んだ。

「どうしたんだ？」

「『筑摩』が大変なんです。もう沈みそうです。えらくやられました。それで私も揚収してもらえずにここへやって来たんです」

「そうか。そいつはいかんな」

小野も半年ばかり起居をともにした「筑摩」の乗員のことを思い浮かべ暗い表情になった。

その夜、二人は基地の宿舎でぬるいビールを呑みながら真珠湾当時のことなどを語りあかした。

「飛行長、福岡は果報者です。今日の海戦にも私は第一次の索敵を仰せつかり、敵機動部隊発見の第一電を打つことができました」

「そうか、そいつはよかったな。真珠湾についで殊勲甲だな」

「しかし、『筑摩』があのようにやられては嬉しくないです」

「…………」

二人は暗い灯火のもとで苦い酒を酌み交わした。

それ以後、小野は福岡に会わない。戦後も彼の行方を探しているがわからないという。

明けて昭和十八年、連合軍は北上し、舞台はソロモンから徐々に中部太平洋に移ろうとしつつあった。

そして十九年六月、連合軍はサイパン、テニアン、グアムのマリアナ群島にやって来た。サイパンを奪《と》られると東京が爆撃圏内に入ってしまう。

もう猶予はならぬ、とGF（連合艦隊）は伝家の宝刀を抜いた。

この頃、機動部隊は大きくふくらんで、第一機動艦隊というGFの大部分を包含する大艦隊になっていた。何しろこの中には戦艦が「大和」「武蔵」をはじめ計八隻、空母、新鋭最大の「大鳳」を入れて九、重巡十、軽巡三、駆逐艦二十九、計五十九隻という大艦隊なのである。率いるは、猛将であり名将との聞こえ高い小沢治三郎中将で将旗を旗艦「大鳳」に掲げていた。

マリアナ群島を背にして迎え討つのはスプルーアンス大将麾下の第五十八機動部隊（司令

官マーク・ミッチャー中将）で、こちらも大型空母レキシントン（二世）ほか七、小型空母八、戦艦ワシントンほか七、重巡三、軽巡六、防空巡洋艦四、駆逐艦実に五十八、計九十三隻という大部隊である。飛行機は日本側五百に対して連合軍八百九十一機とこれも敵が優勢である。

六月十五日、米軍はサイパンに上陸し、海上では十九、二十の両日マリアナ群島西方の海面で決戦が行なわれた。

このとき、わが「利根」「筑摩」は馴染み深い八戦隊ではなく、七戦隊として「熊野」「鈴谷」と四隻の戦隊を組み、やはり空母部隊の前衛として索敵防空に活躍した。

七戦隊司令官は、海軍の名士として知られる白石万隆少将。「利根」艦長は、これまた日本海軍切っての砲術の大家として自他ともに許す黛《まゆずみ》治夫大佐（47期）、「筑摩」艦長は黛大佐よりも一期上の則満宰次大佐。そして、かつて「筑摩」艦長として南太平洋海戦で勇戦した古村啓蔵大佐は、今回は第一機動艦隊参謀長として小沢中将を助けていた。

このとき、「筑摩」の飛行長は町田忠治郎大尉（66期）である。彼の話によると、「筑摩」は緒戦から五機の水偵をフルに使って索敵に力を尽くしたが、うち一機は敵発見後、触接に時間を費やし、ついに母艦の位置を失し、未帰還に終わっている。

これは小沢中将が採用した〝アウトレインジ〟戦法の犠牲かも知れない。小沢中将の司令部は、日本の艦攻（天山）、艦爆（彗星）の脚（航続距離）が米軍のアベンジャー、ドーントレスなどよりも長いのに着眼し、敵の攻撃機がとどかぬ距離で飛行機を発艦させ、母艦を敵にやられぬ遠距離にはなしておいて、敵を叩こうというまい方法を考えた。

しかし、ついていないときは仕方のないもので、攻撃距離が長いため予定どおり敵空母を発見できなかったり、あるいは索敵機の偵察員がマイルとキロを間違って発見位置を打電して来たりで、予期したとおりの戦果はあげられなかった。

町田大尉は海戦第二日目夕刻の夜間攻撃の索敵触接機として「筑摩」を発艦した。この頃、彼は夜戦専門の訓練を続けており、信号用の吊光投弾を多数携行して行ったが、これが多すぎたせいか、コンパスが狂ったらしく予定位置についても敵の空母が発見できず、また母艦に帰ることもできず、海上で一夜をあかした後、グアム島のアガナ港に着水した。

彼が誘導するはずだった「瑞鶴」小野賢次大尉（64期）の艦攻、艦爆計九機も前路索敵機の天山一機を先行させていたにもかかわらず敵を発見することができず、大部分が海上に着水して駆逐艦に救助されている。

結果として、日本軍は旗艦「大鳳」をはじめ、「翔鶴」「飛鷹」など貴重な三空母を失い、マリアナ沖海戦は日本軍にとってツイていない戦いであった。

そして、舞台はいよいよ最終のどんづまりのレイテ沖海戦に移るのであるが、ここで筆者の同期生右近謙二と三期下の田結保君について話しておこう。

右近は十八年一月から十九年秋のレイテ沖海戦まで一年十ヵ月にわたって「筑摩」の砲術

科分隊長、対空指揮官を勤めた。筆者と同じ六十八期生であるが、このくらいにぎやかな口の達者な男は他のクラスでも珍しいであろう。東京の名門府立一中から浪人一年で入校してきたが、ラグビー部の主将であった彼は、自分の同期生で四年から入った男が早くも二号（三年）で大きな顔をしていると、厠のかげに呼んで「でかい面するな」と文句を言うくらいの心臓の持ち主であった。海兵ではもちろんラグビーの主任であったが相撲も強くやはり主任であった。筆者も何回か彼とやったことがあるが、腰の低い左四つの押し相撲で、地力のある取り口であった。

前出の「利根」飛行長小野次朗大尉の話では、彼は右近の兄貴と府立一中で同級生で、こちらもやはりにぎやかな男であったということである。

レイテ沖における右近の最期については次に述べるとして、いま一人田結保について紹介しておこう。田結は七十一期生つまり私たち六十八期の四号生徒である。これまた府立一中であるが右近よりははるかに秀才で、一番で入って一番で卒業した七十一期のヘッドである。彼の父は三十九期を二番で卒業し、第一南遣艦隊司令長官、舞鶴鎮守府司令長官などを歴任した海軍中将である。

田結は「筑摩」の砲術科分隊長としてレイテ沖で戦死したが、父の田結穣中将は、戦後息子の最後の様子を知ろうと考え、八方手を尽くした結果、Hという水兵がただ一人生き残っていることを聞き、手紙を出して息子の最後の戦いぶりを尋ねた。その息子を悼む父の手紙とH水兵の返事が今も防衛庁戦史室に残っている。

「利根」艦長のプロフィールについで、栄光ある「筑摩」全滅の悲劇と、「利根」の勇戦を次に物語ろう。

ライオン艦長黛大佐

ライオン艦長と異名をとった黛治夫大佐が「利根」艦長として着任したのは十八年十一月のことである。

前任者は「筑摩」艦長として重傷を負った古村啓蔵大佐と同期の兄部勇次大佐で、「長門」艦長に転出して行った。

黛大佐は砲術の専門家として日本海軍に隠れのない存在であった。戦争前、重巡「古鷹」砲術長として艦隊一の成績をあげ、その後「古鷹」副長、「大和」副長を歴任し、「利根」艦長の前は横須賀の砲術学校教頭であった。

であるから、二十センチ砲八門をすべて前甲板に配置してある新型の航空巡洋艦「利根」の艦長を拝命したときは張り切った。この頃は、海軍部内でも航空優勢論が圧倒的で、鉄砲屋NO1をもって任じる黛大佐は口惜しくて仕方がない。

「大砲は決して無用ではない。ただ訓練の仕方と使い方が悪いから効果が発揮できないのだ」

黛大佐はこの信念に燃え、「利根」艦長となったのを機会に、この持論を証明しようとひそかに想を練っていた。

黛大佐は群馬県富岡中学の出身で、筆者の同期生茂木明治の先輩である。呉で「利根」に乗艦した黛艦長は、直ちに九百名の乗員を前甲板に集合させて次のような訓示を行なった。

「黛大佐、只今より本艦の指揮をとる。艦長はこの艦と同じ名前の利根川の上流で産湯をつかい、魚釣りと水泳をして少年時代をすごした後、海軍に身を投じた。したがって最も親しみを感じている『利根』艦長として国防の第一線に立つことを至上の光栄と考えている。

そもそも利根川は坂東太郎と呼ばれ、関東第一の川である。したがって諸君は軍艦『利根』を名実ともに、日本海軍一の巡洋艦としなければいけない。訓練においても軍紀風紀においても同様である。

私は、本年六月、瀬戸内海で行なわれた戦闘射撃に砲術学校教頭として審査に参加した。そのとき本艦の命中率はアメリカの重巡の三倍という高率であった。しかし、アメリカの巡洋艦の数は多いので、さらに五倍くらいまで向上させたい。

本艦は主砲八門を艦橋より前に配置してあるので、飛行機の射出中でも自由に射撃ができるし、対空射撃を妨げることもない。しかも本艦の装甲防御は、『高雄』級や『妙高』級重巡よりも合理的である。魚雷発射管は主砲より十分後方にはなしてあるので、主砲発射により妨害をうけることなく、速力も三十五ノットの高速を出し得る。正しく、本艦は坂東太郎の名にふさわしい第一等の巡洋艦である。

現在、ソロモン方面の戦局は残念ながら我れに非である。原因は航空兵力が劣勢であるからであるが、水上部隊が全力をあげて協力するとき、必ずや戦果があがり大勢を挽回することはさほど難しいことではない。必勝の信念を固め攻撃精神に燃えて軍務に邁進してもらいたい」

勇猛新艦長の気を吐く訓示は、乗員に「どえらい艦長が来たぞ」という自信をもたせた。

しかし、艦長の猛訓練は出港してからで、碇泊中は舷側から釣り糸を垂らす釣り、とくに夜釣りを奨励した。これはソロモン在勤時代飛行艇母艦「秋津《あきつ》洲《しま》」艦長のときにもそうであった。釣りは趣味と実益を兼ねるだけではなく、風、潮流、波、艦首の方位などが頭に入るし、夜釣りをやれば暗やみになれるから、対空戦闘見張りの訓練にもなる。猛進艦長黛大佐には、このような風流な一面もあり、部下の信頼を高めた。

黛艦長の最初の仕事は、ソロモン方面への陸軍の輸送であった。ラバウルの北にあるニューアイルランド島のカビエン基地へ陸兵を運びこむのであるが、何でも一番の黛艦長は陣頭指揮で兵四百人、食糧四十トンの揚陸にあたり、ストップウォッチを手にして艦橋で頑張っていた。

この揚陸作戦には「妙高」「羽黒」も参加したが、この二艦が一時間近くかかったものを、「利根」は二十六分で完了してしまった。

この後、「利根」はパラオで二月十一日（十九年）の紀元節を迎え、シンガポール南方、スマトラ島東岸のリンガ泊地に回航した後、僚艦「筑摩」とともに第十六戦隊司令官左近允尚正少将（重巡「青葉」に座乗）の指揮下に入り、インド洋の通商破壊作戦に従事し、イギリスの武装商船ベハー（七千トン）を得意の砲術の目標として撃沈している。

十九年三月二十五日、「利根」は七戦隊（熊野、鈴谷、筑摩、利根）に入り、前述のごとく司令官として第三艦隊参謀長の白石万隆少将（42期）を迎えた。白石少将はこれまた海軍の名物男で豪勇にして緻密、その艦隊指揮ぶりは抜群である。黛大佐は、「古鷹」副長時代に白石艦長の下で仕えたので、よくその人となりを知っており、全幅の信頼をおいていた。

十九年六月のマリアナ沖海戦を前にして、七戦隊は赤道直下のリンガ泊地を基地として猛訓練に入った。

〝何でも艦隊一〟これが、黛艦長のモットーである。その反面、艦長は部下の健康管理にも気を使った。たびたび健康診断を行ない、暑くて眠れずやせている兵士には涼しく寝られる方法を講じさせ、リンチで体に青アザを作っているものを見ると、甲板士官に命じて、私的制裁を禁じさせた。

一方、米潜水艦の危険を感じていた黛はマレーのベナニ基地から潜水艦の派遣を頼み、対潜水中測的の標的をつとめてもらい、訓練に励んだ。

この間、彼が最も力を入れたのは見張りで、艦長自ら夜間の艦橋にあってぐるぐるあたりを見回して対潜見張りに精を出した。それでなくとも猪首の黛大佐は、この訓練ですっかり首が太くなり、「艦長の首が太いのは、見張りのせいだ」と言われるほどであった。

やがて九隻の空母を含む機動部隊がボルネオ北方のタウイタウイ泊地に勢ぞろいし、「利根」も「筑摩」とともにタウイタウイに移り、白石司令官の下で、相変わらず、酷暑のなかの猛訓練が続いた。「筑摩」の艦長は一期上の則満宰次大佐であった。

この頃、旗艦「熊野」で白石司令官と会った黛は、

「敵はサイパン、あるいはこれを跳び越して小笠原硫黄島の線にやって来るかも知れない。どこに来ても受けて立てるよう準備をしておかねばなるまい」

と語り合った。

「熊野」艦長人見錚一郎大佐は黛の同期であったが、水雷出身であったので、こと砲術に関しては黛の意見を聞くようにしていた。

「利根」の航海長阿部浩一少佐（のち中佐、58期）はなかなかシャープな士官で、演習を計画し、七戦隊の艦隊戦闘についてのデータを艦長に報告し、砲術長谷鉄男中佐（57期）とともに砲戦、対空戦闘についてもまとまった意見を具申していた。

六月上旬、戦機は熟して来た。この頃、小沢中将の第一機動艦隊司令部ではアウトレインジ作戦が練られていた。零戦はもちろん、日本の艦爆、艦攻は米軍の攻撃機より脚が長い。これを利用して、遠距離から発進して敵の攻撃範囲外からこれを叩き、わが方は無傷ですまそうという要領のよい戦法である。

これを聞いた黛は、

「そんな虫のよいことを言っても、果たしてうまく敵がつかまるかどうかわからない。司令部は〝肉を斬らせて骨を切る〟という決戦の要点を忘れているのではないか」

と七戦隊司令部と語り合ったことがあった。

六月初旬、黛の親戚にあたる深川清大尉（70期）が「利根」を訪ねて来た。彼は、戦闘六〇一空所属で、あ号作戦（マリアナ沖海戦）では「瑞鶴」に乗って出撃することになっていた。

「艦長、こんどのアウトレインジ作戦は司令部ではご自慢のようですが、搭乗員の間では、もっと肉薄した方が確実だという意見が強いのです。私は零戦で攻撃隊の掩護にゆきますが、三百マイル（五百五十五キロ）近く手前で発艦して向こうで空戦をやると、帰りは母艦に辿りつけるかどうかわかりませんね」

と語った。

黛は搭乗員もそういう意見かと思ったが、飛行機は専門外なので黙っていた。（註、深川

大尉は六月十九日、マリアナ沖海戦で戦死した）

そしていよいよ「あ号作戦」が発動され、六月十三日、第一機動艦隊は旗艦「大鳳」を先頭にタウイタウイ泊地を出撃、サイパン方面に向かった。めざす相手はスプルーアンス大将の率いる米第五艦隊で、約二十隻の空母を保有して、サイパン、グアム、テニアンの上陸をねらっていた。

かくして六月十九、二十の両日にわたって、小沢艦隊対スプルーアンス艦隊の決戦が行なわれたが、結果はまことに呆気《あっけ》ないものであった。肝心のアウトレインジ作戦も敵がなかなか発見されず、その間に「大鳳」「翔鶴」が潜水艦の魚雷によって沈められ、「飛鷹」も飛行機の攻撃を受けた後、潜水艦の雷撃をうけて沈んでしまった。米軍にはほとんど被害がなかった。

——やはり決戦のときは、一歩踏みこんで敵の骨まで斬りつけるべきだ……。

と黛は深く肝に銘じた。

この戦いでは、「利根」「筑摩」はもっぱら索敵機を出すだけで、戦闘らしいものもなく、ライオン艦長ご自慢の主砲を発射するチャンスもなかった。

「武蔵」と「利根」

かくして「利根」「筑摩」は、十月下旬レイテ沖の決戦にのぞむのであるが、この海戦の経過は若い士官の眼を通して物語りたいと思う。

「利根」「筑摩」には、この年（十九年）三月二十二日、海軍兵学校を卒業したばかりの少尉候補生が各五名あて配乗されていた。

「利根」には航海士の檜喬《ひのき》、水測士・児島誠保、電測士・松岡一良、砲術士・小林浩之、甲板士官・真戸原勲、「筑摩」には電測士・平林直樹をはじめ遠藤彰、浜田博道、山森康志、植松一幸の諸君が乗っていた。

彼らは卒業直後、憧れていた戦艦「大和」に便乗してシンガポール南方のリンガ泊地に送られ、ここで猛訓練をうけた後、六月中旬のマリアナ沖海戦に参加した。

初めての実戦なので、各員張り切って配置についたが、「利根」「筑摩」は索敵機を発艦せしめた後は、遠くに見える敵機の姿に高角砲を撃つくらいで、これという戦闘はなかった。しかし、沈んだ「翔鶴」には多くの同期生が乗っており、そのうち二名しか助からなかったことは、彼らに実戦のきびしさを教えた。「翔鶴」では宮崎三郎、増田豊、前村実、萩原八郎、鈴木哲、佐藤静夫、佐野芳郎、木田甲、尾崎英純の九候補生が戦死している。

マリアナが終わると「利根」「筑摩」はふたたびリンガ泊地に帰り、主として夜間戦闘、対潜見張り、照明弾射撃などの猛訓練が続いた。昼は休養であるが、南緯零度五十二分という赤道直下の猛暑でよく眠れず、「利根」航海士の檜候補生はじめ、各配置の候補生は慢性の睡眠不足を訴えていた。

九月一日、全員そろって少尉任官、リンガ泊地でお祝いの昼食パーティーが艦長主催で行なわれた。

「平時ならば軍港のレス（料亭）で盛大に夕食会をやるところだが、今夜も夜戦訓練があるから、昼食で我慢してくれい」

しごき屋のライオン艦長黛大佐は、そう言って若々しい新少尉に酒をすすめた。

そしてさっそく、その夜からまた訓練である。

こうしてレイテの決戦を前に疲労困憊した新少尉たちにとってわずかな慰めは、入港した糧食艦から配給される冷凍の夏ミカンの冷めたい舌ざわりであった。

航海士檜少尉はときどきめぐって来るチャージ（内火艇の艇指揮）が楽しみであった。昼間、艦長はよく旗艦の「熊野」に行って白石司令官の主宰する作戦会議に出席する。このとき送り迎えするのが若い士官なのである。

作戦会議ではデザートにケーキ、フルーツなどが出る。訓練にはきびしいが若い士官思いの黛艦長は、このデザートを食べずに艇指揮の少尉にくれる。これを持ち帰ってガンルームで他の少尉たちと分けて食うのが檜少尉の楽しみであった。

そして、いよいよ敵機動部隊のフィリピン接近が伝えられた。栗田中将の率いる第二艦隊は、ボルネオのブルネイ湾で燃料補給をする途中、十月十四日、シンガポールで一日間休養のための上陸を行なった。檜少尉たちはケプガン（ガンルームの長）の石原孝徳大尉（67期）につれられて上陸、オーチャード・ロードの水交社（後のグッドウッド・パーク・ホテル）で昼食をとった後、椰子の並木の美しい英国ふうの街を散歩し、夜は竹の家というレスで芸者をあげて騒いだ。騒いだといっても婆さん芸者が一人来ただけである。となりの部屋では同期の平林少尉たちが飲んでいた。宴は何となく湿っぽかった。檜少尉は、昼間、水交社のロビーで聞いたピアノのメロディーを想い浮かべていた。子供の頃聞いた浜辺の歌というのに似ていた。

今、「利根」「筑摩」、各艦五名の少尉たちがこうして酒を飲んでいる。しかし、フィリピンの合戦が終わった後、何人が生き残って顔を合わせることができるだろうか。彼の胸中にはそのような想いがあった。

そして艦隊はブルネイ湾に入港、燃料補給を行ない、十月十八日、多くの艦にとっては最後の出撃となるレイテへの道へ向かって錨をあげた。
レイテ進撃の日本艦隊の編制は次のとおりである。

第一遊撃部隊
第二艦隊（栗田健男中将・司令長官）
A、第一夜戦部隊（栗田中将直率）
第四戦隊（同右）
重巡「愛宕」「高雄」「鳥海」「摩耶」
第一戦隊（宇垣纒中将）
戦艦「大和」「武蔵」「長門」
第五戦隊（橋本信太郎中将）
重巡「妙高」「羽黒」
第二水雷戦隊（早川幹夫少将）
軽巡「能代」、駆逐艦九
B、第二夜戦部隊（鈴木義尾中将）
第三戦隊（鈴木中将直率）

戦艦「金剛」「榛名」
第七戦隊（白石万隆少将）
重巡「熊野」「鈴谷」「筑摩」「利根」
第十戦隊（木村進少将）
軽巡「矢矧」、駆逐艦六
C、第三夜戦部隊（西村祥治中将）
第二戦隊（西村中将直率）
戦艦「山城」「扶桑」、重巡「最上」、駆逐艦四
第二遊撃部隊
第五艦隊（志摩清英中将）
第二十一戦隊（志摩中将直率）
重巡「那智」「足柄」
第一水雷戦隊（木村昌福少将）
軽巡「阿武隈」、駆逐艦四
機動部隊本隊
第三艦隊（小沢治三郎中将）
第三航空戦隊（小沢中将直率）

空母「瑞鶴」「瑞鳳」「千代田」「千歳」
第四航空戦隊（松田千秋少将）
航空戦艦「日向」「伊勢」、軽巡「大淀」「多摩」
第三十一水雷戦隊（江戸兵太郎少将）
軽巡「五十鈴」、駆逐艦八
先遣部隊
第六艦隊（三輪茂義中将）
潜水艦十三

以上八十隻になんなんとする大艦隊で、これが当時の連合艦隊の総力である。

このうち、「大和」「武蔵」「利根」「筑摩」を含む第一遊撃部隊（第三夜戦部隊を除く）は、ルソン島南部のシブヤン海を通過し、サンベルナルジノ海峡を出て北方よりレイテ湾に向かう。

西村中将の第三夜戦部隊と志摩中将の第二遊撃部隊は、レイテ南方のスリガオ海峡を突破、南方よりレイテ湾に向かう。

すでに十月十五日、連合軍はレイテ湾のスルアン島に上陸を開始し、十月十八日、大本営は「捷一号作戦」を発動した。

しからば、この作戦の目的は何か。

GF（連合艦隊）作戦指導案にはこうなっている。

一、第一遊撃部隊ハ「サンベルナルジノ」海峡ヨリ進出、敵攻略部隊ヲ全滅ス

二、機動部隊本隊ハ第一遊撃部隊ノ突入ニ策応、敵ヲ北方ニ牽制スルト共ニ好機ニ乗ジ敗敵ヲ撃滅ス

これに従い、栗田中将は二十一日午後五時、各指揮官あてに次の作戦命令を下した。

「基地航空部隊、機動部隊本隊ト協同、十月二十五日黎明時レイテ島タクロバン方面ニ突入、マズ所在海上兵力ヲ撃滅、ツイデ敵攻略部隊ヲ殲滅ス」

これらにおいて注目すべきは、「敵攻略部隊」という五文字である。すなわち、栗田艦隊の主任務は、世にいうごとく、レイテ湾内に突入して、マッカーサーの陸上部隊を砲撃することにあったのか、それとも敵艦隊にあったのか、あるいは、陸上砲撃、輸送船撃沈、そして艦隊の撃滅のすべてを、この敵攻略部隊という五文字にひそめてあったのか、これは重要な問題点である。

十月二十二日、捷一号作戦のためブルネイ湾を出港した「利根」の艦橋で、檜航海士は機密書類の保管を命じられていたので、その内容を熟知していた。これらによると、今次作戦

行動の主目的はレイテ湾突入、敵上陸部隊の殲滅であり、黛艦長、航海長阿部浩一中佐（58期）も、レイテのチャート（海図）を出して、レイテ突入の研究をしていた。水上の艦隊撃滅は、レイテ突入を妨げる場合、これを叩くのであって、主目的はあくまでもレイテ突入、陸上砲撃であった。これが、栗田艦隊反転後、「主目的は敵艦隊主力との決戦にある」というように変わり、多くの人に疑問をいだかせるに至るのである。

檜少将が艦橋で聞いていると、航海長が通信長の野田宏大尉（66期）に、

「おい、通信長、本艦がレイテ湾に入るときは、おれは艦の操舵に忙しいから、敵味方の識別などは君の方でよろしく頼むぞ」

と言っているので、やはりレイテ突入が主目的だと考えていた。このとき、彼はレイテの海戦で、「筑摩」の同期生五人をはじめ、多くの同期生を失うとは予想していなかった。

ただ一人、ライオン艦長黛大佐だけは一つの予感に暗い想いをいだいていた。それはブルネイ湾の作戦会議のとき、「筑摩」艦長で一期上の則満大佐が、

「おい、黛君、こんどは大変な戦《いくさ》になりそうだな。おれはこんどはいけないような気がする」

と呟くように言ったことである。

そのとき、黛は、「何を弱気なことを言いなさんな。こんどは勝ち戦ですよ」と励ましておいたが、ふっとそれが想い出されて胸が騒いだ。

その反面、彼は「利根」の戦闘能力については十分な自信をもっていた。全艦一致で兵は鍛えるだけ鍛えてある。肝心の二十センチ主砲は、砲術長谷鉄男中佐が自信満々である。また十二・七センチ高角砲は第二分隊長石原大尉が新しい工夫をして、毎分十四発の発射速度を毎分二十発にまで向上させていた。

二十五ミリ機銃も新造時の十二門が、マリアナのときは四十門になり、今回は五十六門に増加されていた。

対空用の電探がマストの両側に増設され、電測士の松岡少尉がこの訓練にあたっていた。これを使えば、敵機の編隊は百キロくらいから探知できた。

かくして、栗田艦隊は、レイテ沖の海戦の第一日、十月二十三日を迎える。この日は栗田艦隊に凶兆を告げる日であった。

午前六時半、フィリピン南西方のパラワン島西方を航行中の旗艦「愛宕」が潜水艦の雷撃（魚雷四本）を受け傾斜し、二十分後沈没した。このため、栗田長官、小柳参謀長以下の第二艦隊司令部は、駆逐艦「岸波」に移り、午後四時半、「大和」に移乗し、中将旗を掲げた。

しかし、この日の被害は、旗艦「愛宕」にとどまらなかった。

旗艦「愛宕」の後方に続行していた二番艦「高雄」は、「愛宕」の被雷を認めると、直ちに取舵一杯をとったが、米潜ダーター号の第二撃二本を受け、傾斜し、航行不能となった（修理後、ブルネイ湾に回航）。「愛宕」が沈没した直後、午前六時五十五分、三番艦「摩耶」にも米潜デース号の魚雷四本が命中した。「摩耶」は八分にして沈没、艦長大江賢治大佐（黛大佐と同期）以下三百三十六名が艦と運命を共にした。

こうして旗艦をはじめ重巡三隻の喪失で、日本艦隊は暗い第一日を迎えた。この頃、「利根」「筑摩」は「愛宕」「高雄」の後方約十キロを航行中であったので、艦隊前方の災害は檜少尉らにはよくわからなかった。

しかし、翌二十四日は、「利根」をも含めて栗田艦隊にさらに辛い試練が待ちかまえていた。

この日朝八時、ミンドロ島東南方をシブヤン海に向かって航行中の栗田艦隊は、ハルゼー大将の指揮する第三十八機動部隊の偵察機に発見されていた。

午前十時すぎ、栗田艦隊は、戦・爆・雷連合四十五機の攻撃隊に捕捉され、果敢な対空戦闘を行なった。「大和」「武蔵」は四十六センチ主砲に三式対空弾をつめて発射し、敵機を威圧したが損害を負わせることはできなかった。

この第一波で「武蔵」は右舷後部に魚雷一本をうけた。五戦隊の旗艦「妙高」も被雷一本により傾斜、落伍したため、司令官橋本中将は旗艦を「羽黒」に変更した。

午後十二時すぎ第二波がやって来て、「武蔵」の左舷に魚雷三本を命中させ、速力を二十二ノットに減じさせた。

そして午後一時半、第三波来襲。魚雷五本が、「武蔵」に命中、計九本を数えた。艦首は水面近くまで沈み、「武蔵」は落伍した。

そして午後二時半、第四波来襲。こんどは「大和」も爆弾一発をうけた。そして「武蔵」は今回は無傷であった。

続いて午後三時、今までで最大の百機が、栗田艦隊に来襲、「武蔵」は計十二本の魚雷をうけ、完全に第一部隊から落伍した。このとき、回避運動の関係で「利根」は比較的「武蔵」に近い位置にいた。黛艦長がみていると、「武蔵」に攻撃が集中するのに、他の艦は遠巻きにしてこれを避けているようである。これでは世界に誇る超大戦艦「武蔵」は沈んでしまう。「武蔵」艦長は砲術科の先輩で元砲術学校教頭の猪口敏平少将（46期）である。黛はこの砲術界の至宝を失いたくはなかった。

彼はこのさい、「金剛」「榛名」を中心とする第二部隊全員が「武蔵」を掩護すれば、「武蔵」を救い得ると判断した。

彼は第二部隊指揮官鈴木義尾中将あてに、意見具申の信号を送った。

「『武蔵』ヲ掩護スル必要アリト認ム。『武蔵』ニ近寄ル雷撃機ヲ撃ツタメ近寄ラレテハ如何」

しかし、これに対する「金剛」の第二部隊司令部からの返答は、あまりにも冷たいものであった。

「『利根』ハ『武蔵』ノ北方ニ在リテ敵機ノ来襲ニ備ヘヨ」

やりたければ勝手にやれ、というのである。

——畜生、それでも同じ釜の飯を食った戦友と言えるのか……。

ライオン艦長が、むっとして唇を噛んでいるのを檜航海士は認めた。

「よし、本艦はただ今より『武蔵』を救援する！」

艦長の命令一下、「利根」は七戦隊の戦列を離れて単艦「武蔵」救援にあたった。

当然、「武蔵」を攻撃する米機の一部は新たに近寄ってポンポン威勢よく撃ちまくる「利根」にも向かって来た。

午後三時十八分、「利根」の艦橋に近い艦長休憩室付近に小型爆弾一個が命中して、ここを応急指揮所としていた副長三井淳資《じゅんすけ》中佐を驚かせた。同じ頃、一弾が右舷一、二番高角砲給弾室に命中、小火災を生じ、少数の死傷者を出したが、これは艦橋にいた檜航海士、児島水測士にはわからぬ程度のものであった。

黛艦長は、艦橋の近くに一弾が命中しても顔色を変えず、元気そうに言った。

「おい、航海士、水測士、覚悟はいいだろうな」

彼はこのとき、「武蔵」と心中する覚悟であった。そのくらいの覚悟でなければ、この超大戦艦は救えないと考えていた。

しかし、ライオン艦長の願いも空しく、「武蔵」の最後は近づいていた。

午後三時半、旗艦「大和」にあった栗田中将は、全軍に一斉回頭、針路二九〇度（西北西）を命じた。

空襲による被害が激しいので、一時西方に回避し、夜間シブヤン海を通過し、明朝未明、サンベルナルジノ海峡を突破して、サマール島東方海面よりレイテに突入しようというのである。

この信号を見て、黛は舌打ちをした。

「ちぇっ、『武蔵』を見殺しにして逃げるのか」

しかし、航海長の阿部中佐は冷静であった。

「艦長、戦列にもどりましょう」

彼はこのライオン艦長が猛進して、「利根」そのものを失ってしまうことをおそれていた。「武蔵」の掩護は無論仲間の仁義であり、男らしい仕事であるが、「利根」の主目的はレイテ攻撃にある。ここで沈んでは主目的を逸することになってしまう。

止むを得ず、黛も航海長の意見を入れて反転することにした。ふり返ると「武蔵」は火災が鎮まり、前甲板からつんのめるように海中に沈みつつあった。

――「武蔵」よ許せ。猪口さん、さようなら……。

黛艦長は、心の中で祈りながらそう告げた。

ところが、ここで司令部はまたもや不思議な命令を発した。こんどは第二艦隊の栗田中将（第一部隊指揮官）からである。

「『利根』ハ『武蔵』艦長ノ指揮ヲ受ケ、同艦ノ警戒ニ当タレ」

このとき、「利根」は増速して戦列に入ろうとしていたときであった。

「何だ、まだやれというのか」

ライオン艦長はぼやきながら、「利根」を反転させた。夕陽を背にして「利根」は、ふたたび「武蔵」のもとに急いだ。

しかし、この後は、予期に反して空襲はほとんどなく、「利根」への被害もなかった。

午後五時すぎ、日没近しとみた栗田中将は、ふたたびサンベルナルジノ海峡をめざすこととし、艦隊に反転を命じた。東へ針路を変えた栗田艦隊は、ふたたび「武蔵」の方向に近寄ってきた。

これを知った「利根」の黛艦長は少しあわてた。艦隊はふたたび東へ向かいつつある。ではいよいよ明朝はレイテ湾突入だ。このままここで動かぬ「武蔵」の警備をしていては、世紀の大決戦で練成した主砲を撃つ機会はなくなってしまう。

黛は阿部航海長と相談した結果、第二部隊旗艦「金剛」にあてて、

「千載一遇ノ決戦ニ参加スルタメ戦列ニ復帰シタシ」

と信号した。

ふたたび「『武蔵』よさらば」を告げねばならない。黛の胸中には悲しみとともに、新しい戦いへの闘魂が燃え上がっていた。明日、レイテの敵艦隊を撃滅して、レイテ上陸中の米

軍を叩けば、「武蔵」の仇をとることになるであろう。

しかし、当然来るべきはずの信号は来なかった。逆に第二部隊の鈴木司令官からの返信は

「『利根』ハ現任務ヲ続行セヨ」というつれないものであった。お前が勝手に「武蔵」の掩護を申し出たのであるから、最後まで警戒の任にあたれ、ということである。

――弱ったことになったなあ……。

さすがのライオン艦長も唇を噛んだ。

阿部航海長も思案した。ここで「武蔵」が沈んでしまえば、警戒の必要はなくなるから、「利根」も本隊の後を追うことができる。しかし、「武蔵」が明朝も浮いているとなると、止めを刺しに来る敵機を相手に、「利根」は単独で応戦しなければならない。その間にレイテの決戦が終わってしまい、「利根」も傷つくということになれば、やはりこれは不本意といわねばならない。

そろそろうす暗くなって来た艦橋は、重苦しい空気に包まれ始めた。

「武蔵」は徐々に沈下しながら、浅瀬への乗り揚げを企図しているのか、近くの島に近寄ってゆく。しかし、この遅い速力では間に合いそうもない。

じりじりしていた黛は、午後六時半、日没近しとみて、栗田長官あて、

「ココニイルモ如何トモ為シ難キニツキ決戦ニ参加シ得ルヨウオ願イス」

と信号した。

ちょうど反転した栗田艦隊は、「武蔵」の近くを通過しようとしていた。夕闇のシブヤン海に発光信号の光がチカチカと瞬いた。

折り返し、「大和」の栗田司令部から返信があった。

「『利根』ハ第七戦隊ニ復帰セヨ」

――やっと来たか！

黛が眉を開くとともに、艦橋にはどっと喚声が湧いた。しかし、黛の胸中は複雑であった。

――これで「利根」は決戦に参加できる。しかし、取り残された「武蔵」や猪口艦長はどうなるのだろう……。

そのような思いをこめて、彼は二度目の「『武蔵』よ、さらば」を告げたのであった。

一方、「武蔵」はフィリピンのコロン湾に帰投しようと必死の一軸運転を続けていた。

しかし、午後七時十五分、傾斜左舷一二度となるや、猪口少将はついに「総員退去用意」を下令、遺書を副長の加藤憲吉に手渡し、後事を託した。

砲煙にまみれた軍艦旗が降ろされるとまもなく、午後七時半、傾斜が三〇度に達したので、総員退艦が下令された。

それからまもなく、「武蔵」は左に転覆、七時三十五分、海中に姿を没した。猪口艦長は艦長休憩室に閉じこもり、艦と運命を共にした。こうして、「利根」の必死の掩護も空しく、超大戦艦の一隻はシブヤン海の海底七百メートルのところに沈んでしまったのである。

レイテ沖の砲煙

「武蔵」の沈むしばらく前、豊田大将のGF司令部から、一通の電報が栗田中将のもとにとどけられていた。

「天佑ヲ確信シ、全軍突撃セヨ」

午後三時半の栗田艦隊西へ反転す、を知った東京のGF司令部では、草鹿龍之介参謀長以下が怒っていた。

「この期に及んで、退却するとは何ごと⁉」

東横線沿線日吉駅近くの大防空壕内にいる彼らには、シブヤン海の熾烈な空襲の様子が身に沁みてわかるというわけにはゆかなかった。これこそが連合艦隊の総力をかけた一戦なのだ！　そう信じているGF司令部は、シブヤン海で空襲にへこたれて栗田艦隊が退却すると考え、尻を叩く強烈な一電を発したのである。

しかし、このときすでに、栗田艦隊は東に反転し、ふたたびサンベルナルジノ海峡をめざしていた。彼らが天佑を確信していたかどうかはわからないが、今や全軍突撃に移ったことだけは確かであった。

この日の夜、少し南のスリガオ海峡では、西村艦隊が、待ちかまえていた米艦隊を前に死闘を繰り返していた。ここではその詳細は省くが、午後十時頃、「利根」艦橋の檜航海士が旗艦「山城」発の「吾レ魚雷艇ノ襲撃ヲ排除シテ、スリガオ海峡ヲ強行通過中」という電文に眼を通したことを記しておこう。

栗田艦隊が、問題のサンベルナルジノ海峡を通過してサマール島東北の海面へ抜け出したのは、決戦の日二十五日の午前零時半であった。月齢七、上弦の半月が西の空に残り、周辺の島影を淡く浮かび上がらせ、艦隊の通行を助けてくれたが、それは同時に危険を感じさせた。

「利根」艦橋の檜航海士は、刻々艦位を測定しては報告し、航海長を助けていたが、ふと四ヵ月前、マリアナ沖海戦の後、この海峡を逆に東から西へ通過してリンガ泊地に向かったときのことを思い出していた。あのときは、海峡の入り口に潜水艦が群がっているというので、真剣な警戒をしたものであるが、今回はどうであろうか。海峡を出たとたんに、ドカンと魚雷を喰うというようなことになりはしないであろうか。

水測士の児島少尉は、今こそ腕のみせどころ、と配置について懸命に水中測的のグラフを睨んでいた。

しかし、二人の予想に反して、艦隊は何の損失もなく海峡を通り抜けた。

海峡の出口近くに島があり、小さな白い灯台があった。点滅をやめているが、月光を浴びて仄白く浮かんでいる。海峡を通過し終わったとき、檜少尉の胸にその孤独な灯台の姿が印象的に残っていた。

栗田艦隊が海峡を出終わると、スコールがやって来て、艦隊を白いふすまの中に包んだ。

――うむ、これはいいぞ。潜水艦からも飛行機からも逃れられるぞ……。

艦橋にはこのような空気が流れた。

しかし、スコールはまもなく晴れた。

午前四時、艦隊は一五〇度（南南東）に変針して、レイテ湾外の西村艦隊との会合点に向かった。会合地点は敵が最初に上陸したといわれるスルアン島の東十マイルで、時刻は午前九時であった。（註、この頃、西村艦隊はスリガオ海峡で壊滅的な打撃をうけていた）

二十五日、午前六時、艦隊はスルアン島の北八十マイル（百五十キロ）の地点に進出した。めざすレイテ湾までは、二十五ノットの速力でゆけば三時間あまりである。そして、まもなく、大海戦が生起するのである。

敵発見の状況は各艦の報告によってまちまちである。

「金剛」の副砲長高畑少佐は、「スコールを出たら、敵のマストが見えたので、射撃を開始した。距離は一万七千メートルぐらいであった」と言っている。

「利根」の檜航海士はスコールの記憶がない。

艦橋の海図台にもたれていると、

「敵飛行機！」

という見張りの声に目をさまし、あわてて七倍の双眼鏡で前方の海上を見ると、水平線が陽炎《かげろう》のようにおぼめき、その上に数本のマストが切れ切れにゆらめいているのが見えた。

いよいよ、

「敵発見！」

である。

白石七戦隊司令官は、

「方向一一〇《ひとひとまる》（一一〇度＝東南東）」

を下令した。これがこの日の突撃針路である。これをうけて黛艦長は、

「方向一一〇！」

と力強く下令した後、檜少尉と児島少尉の方に向き直り、

「どうだ、航海士、嬉しいだろう！」

と破顔した。

自分たちよりも艦長の方が嬉しそうだ、と檜少尉は考えた。背中が、じーんと鳴っていた。

戦闘記録によると、この日第一弾を発したのは旗艦「大和」で、午前六時五十八分、米空母群に対してで、距離三万二千メートルとなっている。この頃、「筑摩」「利根」の七戦隊は「大和」「長門」の一戦隊より五千メートル以上前方に進出していた。「利根」の初弾発射は午前七時十三分、距離二万七千となっているから、敵発見後、ぐっと突っ込んだものであろう。

七戦隊司令官白石少将が「撃ち方始め」を下令したのが午前七時十分。続いて、黛「利根」艦長は大きな声で、

「砲撃始め！」

を下令した。今こそ「武蔵」の仇をとるのだ。

艦橋トップの主砲射撃指揮所では、待ちかまえていた砲術長谷中中佐が、

「撃ち方始め！」

を下令した。

八発の二十センチ砲弾が敵巡洋艦（実は駆逐艦）に向かって飛んで行った。

——当たってくれよ……。

水測士の児島少尉は、自分の持ち場で手を合わせていた。彼は一昨日来、「愛宕」「摩耶」「武蔵」の沈没を間近に見て多くの同期生が海中に消えたことを知っていた。今、「利根」の主砲が命中しないと、彼らの死が無駄になってしまう。

果然、

「初弾命中！」

「利根」の主砲弾は、敵巡洋艦に命中した。

この頃、「利根」の見張員は、前方の敵空母が火災を起こしているのを認めていた。「大和」の初弾が命中したものらしい。

しかし、この日は凶運が七戦隊を襲いつつあった。

初弾発砲後まもなく、旗艦「熊野」は敵機の雷撃をうけ、これをかわした。ほっとする間もなく、こんどは駆逐艦の雷撃である。数本のうち一本をかわしそこね、これが艦首に命中、大穴をあけ一部を削《そ》ぎとったので、速力は十四ノットに低下し、白石少将は「鈴谷」を旗艦とすることを考えた。

しかし、その「鈴谷」も米軍機の空襲によって、左舷のプロペラ一軸が使用不能となり、速力は二十三ノットに低下、後部重油タンクに浸水したため、使用できる燃料は八百キロと減少し、落伍し始めていた。

かくして、七戦隊は一挙にして「筑摩」「利根」の二艦に減少、「筑摩」艦長則満大佐は自ら二艦の指揮をとることを白石司令官に報告し、勇躍前進した。時に午前七時半である。

さあ、今こそわれらが撃たねばならぬ……ライオン艦長以下張り切って、「利根」は撃って撃って撃ちまくったが、状況は、必ずしもライオン艦長の思うとおりにはゆかなかった。

というのは、近くにいる敵駆逐艦はひっきりなしに煙幕を展張するし、遠方の敵空母はスコールの下を出たり入ったりしている。

おまけに敵機の空襲がある。

このとき、アメリカ軍の状況にふれておくと、栗田艦隊の前面に現われたのはタフィ三という機動部隊の一個小隊で、護衛空母六、駆逐艦七から成っており、クリフトン・A・スプレイグ少将が指揮していた。

栗田艦隊の参謀たちのなかには、これらの空母をエセックス型制式空母と考え、歓声をあげたものもいたが、ハルゼー大将の率いる制式空母部隊ははるか北方にあって、小沢艦隊の空母を追い求めていた。

黛大佐が感心したのは、七隻の米駆逐艦がよく奮戦したことである。彼らはふいに現われた大艦隊にたじろいだが、勇敢に前進して煙幕を展張し、空母群の隠蔽を図りながら、魚雷を発射し、十二・七センチの豆鉄砲をふり立てては砲撃を試みた。ただし、この砲撃の精度は不良で、「利根」の近くに水柱を立てたが命中弾はなかった。檜少尉と児島少尉は敵駆逐艦の弾着による水柱は飛行機カタパルトにもとどかず、艦橋よりも下であったと記憶している。

困ったのは、飛行機の執拗な雷爆撃である。これを避けて対空戦闘をやっている間は、主砲の射撃ができない。敵は空母が見え隠れし、数隻の駆逐艦が、鯨を追う鯱のように重巡部隊や戦艦部隊にちょっかいをかけ、かきまわす。

黛艦長はできるだけ基本に忠実に操艦して、敵の雷撃や爆撃を回避した。一発喰ったら主砲発射ができなくなるおそれがある。実例は先刻、「熊野」「鈴谷」で見せつけられたばかりである。

見ていると前方をゆく「筑摩」は、巧妙というのか大胆というのか、大きな転舵もしないでどんどん前進して行ってしまう。

——則満さん、大丈夫かな？　そんなに突っ込んで……。

黛はふと不安に襲われた。ブルネイで別れるとき、則満大佐が、こんどはいけないかも知れない、と言ったのを思い出したのである。

午前七時半まで、「利根」は空母と駆逐艦に少なくとも三発の命中弾を与えた。

しかし、同じ頃、飛行機の艦橋銃撃によって黛艦長は負傷した。艦橋内にとびこんで来た十三ミリ弾が反跳して、黛の右内股にとびこんだのである。豪気な艦長は、艦橋内で軍医官の応急手当てを受けると、杖をつきながらスコールの中から姿を現わした空母に、七斉射二十発を浴びせ、これを撃沈した。

大傾斜して沈没してゆく有様を見張員が拡声器で全艦に知らせ、歓声が「利根」を包んだ。

この空母がタフィ三のガンビアベイで、「大和」「金剛」もこの空母の撃沈を自艦の主砲発射によるものと主張しているが、「利根」乗員はその後も「利根」の射弾によるものと信じ切っており、防衛庁『公刊戦史』にもそう記載されている。

このとき、「利根」とガンビアベイの距離は七千メートルそこそこであった。

黛艦長が負傷した銃撃で、「利根」は二名戦死、三名重傷という被害を出したが、重傷者のなかには、清水利亮《りりよう》上等水兵も入っていた。彼は、十八年五月、舞鶴海兵団入団。同年十月、トラックで「利根」に乗り組み、第四分隊（測的分隊）に編入された。マリアナ海戦の後には砲術長谷中中佐の従兵をしばらく勤めた。

レイテ沖海戦当時は、彼は四番主砲砲塔上の単装二十五ミリ機銃の給弾員で、二十四日は「武蔵」の被害を目の前に見ながら弾倉を抱えて弾丸込めに奮戦した。

二十五日、対空射撃、水上艦艇射撃が交錯し、彼も砲塔の上で忙しく給弾のため動き回っていた。この間に、USAの文字がはっきり見えるまで低空に降りて来たグラマンの機銃が火を吐き、彼は右脇腹に焼けた槍を刺しこまれたようなショックを受けた。体が前に傾いたままどうにも動けない。腹のあたりが出血でぬるぬると濡れてくる。艦の傾斜につれて、砲塔からころげ落ちそうになるのを機銃の銃座につかまって必死にこらえていると、

「元気を出せ！　しっかりせい！」

と励ましてくれる士官がいた。

機銃群指揮官の田中春雄中尉（72期）である。田中中尉の配慮で清水は戦時治療所に運ばれた。このとき四分隊士の松岡一良少尉（電測士）がやって来て、

「A型が要ると聞いてとんで来たんだ。清水、しっかりしろ！」
と激励し、腕をまくって輸血をしてくれた。清水はこのときの松岡少尉の好意が忘れられず、戦闘後、シンガポールの海軍病院に送られるため、「利根」から「妙高」に移るとき、松岡少尉の手を握って涙を流した。

さて、かくして「利根」は凱歌をあげたが、重巡戦隊にはなおも悲運がつきまとっていた。「鳥海」「筑摩」が相ついで被弾するのであるが、それ以前における「利根」の奮戦をもう少し眺めておこう。

「利根」はガンビアベイを沈めた後、新しく現われたアメリカの七千トン級巡洋艦（実は駆逐艦レイモンド）に十五斉射を与えたが、さらに前方一万メートルに新しい空母（ファンショーベイ?）を発見したので、これに目標を変えた。しかし、九斉射を与えたところで、敵駆逐艦の至近弾の破片が三番発射管に当たり、二本の魚雷の空気室に着火した。

この合戦で「利根」は、水雷長が欠員であった。シンガポールに入港したとき、胃潰瘍で入院してしまったのである。強気のライオン艦長は、「おれは魚雷の研究もやったからおれが兼務する」と、自ら水雷長職務執行を発令していたが、「愛宕」がやられると、「愛宕」の水雷長が乗艦して来たので、彼にやらせることにした。新水雷長は、魚雷の着火をみて、
「投棄すべきですが、惜しいから、空母に向けて発射します」
と狙いをつけて発射したが、距離が遠かったので、この効果は明らかでない。

空母射撃中、中間にまた七千トン巡洋艦（駆逐艦）が割りこんで来たので、「利根」は目標をこの駆逐艦に変更した。

この頃「筑摩」「利根」の右方には米駆逐艦ホエール、ロバーツ、ヒーアマンなどが空母セントローなどを護るため煙幕を展張していた。しかし、風が逆で、せっかく隠しても尻から風にまくられるように空母は姿を現わした。

「筑摩」は、この頃、駆逐艦ヒーアマンを猛撃していた。

「筑摩」はこの日早朝から、最前方に突進し、空母、駆逐艦を撃ちまくっていた。黛大佐の回想では、「筑摩」は全弾を撃ち尽くしたのではないか、ということである。ヒーアマンは後しばらくで沈むところであったが、「筑摩」の落伍であやうく救われた。

「利根」の右舷に同航していた敵駆逐艦を巡洋艦と考えていた副長三井中佐は魚雷発射を進言したが、艦長は「戦艦空母以外は駄目」と首をたてに振らなかった。しかし、水雷科員も発射を熱望した。彼らは朝から主砲や対空班の奮戦を指をくわえて眺めていたのである。ついに艦長も士気昂揚のため魚雷発射を許可し、「愛宕」の水雷長が四本を発射した。「利根」の主砲が引き続き駆逐艦を襲って命中弾を数えたとき、副長が「魚雷命中、巡洋艦轟沈」を報じた。この駆逐艦はホエールかと思われる。

この頃、空母群はスコールに隠れた。黛艦長はスコールの向こうにさらに有力な敵がいると考え（実際にタフィ一、二がいた）、針路を南西に変えて肉薄した。レイテ沖海戦は今や酣《たけなわ》であった。

しかし、このとき、艦爆三十、艦攻六が来襲した。まず「鳥海」が狙われ、命中弾をうけて速力が低下した。続いて朝から奮戦していた「筑摩」が狙われ、艦尾に魚雷一本をうけ「デッキ一旒」（我レ舵故障）を掲げ、左旋回を続けた。

こうして、七戦隊は「利根」一艦となってしまった。

——とうとう則満さんもやられたか……。

黛は予感が当たったことを残念がりながら、なおも前進して煙幕の切れ目に現われた空母を射撃し、これが煙幕に隠れると巡洋艦（駆逐艦）に斉射を送った。そしてそれぞれ命中弾を得たが、ふたたび空母が煙幕から姿を現わすと黛は魚雷発射を思いつき三本を発射した。距離は一万二千メートル、時刻は午前九時八分である。

このとき、最前方に出ていたのは「利根」で、やや後方に「鳥海」の落伍によって単艦となった五戦隊の「羽黒」が盛んに駆逐艦群の豆鉄砲と撃ち合っていた。これを見ると、黛はまた持ち前の俠気がむらむらと持ちあがってくるのを覚えた。

——一隻と三隻じゃ可哀想だ。おれの方で少し受けもってやろう……。

「我レ後尾ニ着ク」という信号を送り、「利根」は、「羽黒」の後方六千メートルに占位し、砲戦に入った。「羽黒」には五戦隊司令官橋本信太郎中将（41期）が座乗していた。

「利根」の応援を得た「羽黒」は元気をとりもどし、空母（ファンショーベイ?）に猛撃を加え、これを撃沈した。

「羽黒」はこの頃、新しく三隻の空母を発見し、「利根」は空母五隻を視野に入れており、黛艦長はふたたび魚雷戦を考えた。しかし目標が多いから手持ちの魚雷三本では少し心もとない。そこで「羽黒」の魚雷に目をつけた。

——「羽黒」はまだ魚雷を撃ってはおるまい……。

こう考えた黛は、

「我レ右舷ニ魚雷三本ヲ有ス、統一魚雷戦ヲ行ナワレタシ」

と旗艦に信号を送った。

受信した「羽黒」の艦橋では、

「黛の奴がいっしょに魚雷戦をやろうというのか……」

橋本司令官が受信紙を手にして敵空母の方を睨んだ。

〝水雷屋の橋本〟といえば海軍で知らぬ者はいない。その橋本に魚雷戦を促すとは、黛の奴相変わらず強気だな、と橋本は、「羽黒」艦長杉浦嘉十大佐に魚雷戦を命じようとした。

そのとき、黛はうすらいだ煙幕の中からさらに四隻の米空母が現われたのを視認した。これは新しいものらしい。

黛はいら立った。〝水雷屋の橋本〟はいったい何をためらっているのか。彼は続いて催促の信号を送った。

「航空母四隻ニ対シ統一魚雷戦ヲ行ナワレタシ」

しかし、このとき、橋本の手には新しい受信紙が握られていた。栗田長官からの、「逐次集マレ○九○○」という追撃中止の命令である。

「仕方がない、艦長、反転しよう」

橋本は、額からぽっぽっと湯気をあげて興奮しているライオン艦長の顔を想像しながらそう命じた。

「取舵一杯！」

「羽黒」は、ぐぐーっと左に旋回し始めた。

「艦長、『羽黒』左旋回！」

成り行きを眺めていた檜航海士はそう報告した。午前九時十四分である。

黛は旗艦の方をちらと見たが、なおもあきらめきれず、右舷の敵空母を左手に握った双眼鏡で睨んでいた。どう見てもこの空母五隻は健在である。このとき、彼の手元にも、「逐次集マレ」という栗田からの指令はとどいていた。しかし、黛としては、どうしてもここで反転することができなかった。

彼は阿部航海長の方をふり向くと、

「航海長、こうなったら一気に突っ込もうや！」

と艦橋中に響きわたる大声をあげ、

「ここで引き返せるか！」

と右手ににぎった杖で艦橋の床をがんがん叩いた。

その形相のものすごさに檜は驚いた。やはりライオンという仇名はうそではないと思った。黛艦長は栗田艦隊の最前線で、正しく怒ったライオンのように咆哮したのである。その声が敵まで響けとばかりに……。

この重要な好機になぜ栗田長官は反転を決意したのか。

有名な栗田艦隊反転の要因については後述するとして、荒武者黛艦長はまだ戦闘をあきらめず、信号用紙に「目ノ前ノ空母群ニ対シ追撃ヲ続行スルヲ有利ト認ム」と書いて航海長に渡した。これを「羽黒」の橋本司令官に発信せよというのである。

しかし、黛より十一期下の阿部は冷静な男だった。

「艦長いけません。昨日の『武蔵』の一件を忘れたんですか。単艦で残れば袋叩きです。敵は飛行機を積んでいるんです」

そう艦長を説得すると、

「取舵一杯！」

と左に変針、旗艦の後を追った。

黛はなおもあきらめきれなかった。どう見てもこの五隻の空母は無傷である。これを見逃しにするという手はないではないか。九時二十分、彼は電話で旗艦に、

「敵空母ハ火災ヲ生ジタルニアラズ煙幕ナリ、五隻健在ナリ」

と報告を兼ねて催促をした。その執拗ともいえるファイトに、檜ら若手士官は、ほとほと感心してしまった。

しかし、北に向かって増速しつつある「羽黒」から来た返信は、「統一魚雷戦ハ効果ナキモノト認ム」というつれないものであった。

黛は杖で床を叩き、ここにレイテ沖の追撃戦は終わりを告げた。少なくとも空母一、駆逐艦二という「利根」の戦果とともに。

ここで栗田中将が反転を決意した理由を、簡単に説明しておこう。

「大和」にあった栗田のところには、巡洋艦戦隊、水雷戦隊からほとんど戦況の報告がなかった。各隊それぞれに護衛空母を制式空母、駆逐艦を巡洋艦と誤認して躍起になって砲戦を交えていたのである。栗田は報告のないのは敵を逸したものと考えていた。栗田もこの空母群を制式の高速空母による機動部隊と考えていたので、脚の遅い戦艦がいっしょになっていくら追いかけても無駄であると考え、集結を思い立った。

このあと栗田長官は、北方にあるという敵機動部隊本隊と決戦するといって北上し、結局、レイテ突入をあきらめてサンベルナルジノ海峡を通って帰路についてしまうのであるが、この理由については「瑞鶴」の電報が入らなかったとか、多くの議論が戦わされ、今も謎を残しているので本編では省略したい。

さて、艦隊は反転したが、戦闘はまだ終わっていなかった。

反転北上の途中、「利根」は東方に僚艦の「筑摩」を認めた。「筑摩」は、「我レ舵故障」の信号をあげたまま左旋回を続けていたが、魚雷をうけた後部はかなり吃水が深く沈んでいた。手負いの猪を襲う猟犬のように爆撃機が爆撃を加えている。

「筑摩」の対空指揮官は、筆者と同期の右近謙二大尉である。右近は、この日早朝から、艦橋トップにあって銀色の指揮棒をふるって、

「あの雷撃機、左四番機銃、ぶっ放せ！」

というふうに、群がる敵機を相手にして防戦に努めていた。彼はいつも愉快に騒ぐ六十八期の名物男であったから、この日もここを先途と大声をあげたに違いない。江田島の生徒館では、どこにいてもすぐに彼の存在がわかるほどの大声であった。

檜航海士が双眼鏡で眺めると、艦橋の後部上方にあるレーダーがぐるぐる回っていた。

――平林の奴、まだ頑張っているな。遠藤や浜田、それに山森や植松も元気で頑張っているかな……。

平林は「筑摩」に配乗された五人の新少尉の先任者であった。

「筑摩」のクラスメートを思う気持は、水測士の児島も電測士の松岡一良も同じで、甲板士官の真戸原勲少尉も応急指揮所から外へ出て、左旋回を続ける「筑摩」を念じるように眺めていた。

突然、「利根」の信号マストに三枚の旗が揚がった。

「貴艦ノ奮闘ト武運を祈ル『利根』全乗員ヨリ」

黛ライオン艦長からの志であった。

折り返し、「筑摩」のマストに旗が揚がった。

「貴艦ノ好意ヲ謝シ、今後ノ奮戦ヲ期待ス、我レ舵修理後戦列ニ復帰セントス」

悲壮な則満艦長以下全員の決意である。「筑摩」の舵修理可能の兆しは見えなかった。舵取機械室に浸水しているので、人力操舵もできないのである。

「筑摩」のかたわらには駆逐艦「野分」がつき添っていた。

——このまま僚艦をおいて北上するとは……。

若い檜少尉の胸には大きな悲しみがあった。しかし、それも武士《もののふ》の道である。則満艦長に想いを残す黛大佐を乗せて、「利根」は「筑摩」に別れを告げ、「羽黒」の後を追った。そして、こんどは栗田艦隊の最後尾を行く「利根」に敵爆撃機が群がって来た。

「来やがったか！」

砲戦は終わりとみた黛艦長は、自ら最上部の防空指揮所に登り、対空指揮官の石原大尉を助けながら、艦橋の航海長と伝声管で連絡をとり、「面舵一杯！」というように操艦転舵を行なって敵の襲撃を避けた。

——昨日のようになって来たぞ……。

檜少尉は唇をひきしめた。昨日の午後、「利根」が単艦で「武蔵」の掩護に行ったときも、ライオン艦長はこうして対空戦闘の指揮をとったのだった。

しばらく北上すると、右舷に、「鈴谷」が見えた。「鈴谷」は午前七時半頃、敵の爆撃によって速力を減じたが、艦首を損じた「熊野」に乗っていた白石司令官は「鈴谷」に移乗した。しかし、「鈴谷」は主隊を追跡中、十一時、魚雷頭部に誘爆を生じ、艦の中部を大破し右に傾斜、航行不能に陥った。

艦長寺岡大佐が「総員退艦」を決意したとき、北上した「利根」が近寄ってきた。白石は「利根」移乗を決意し、「利根」に「近寄レ」と信号した。阿部航海長が操艦して近寄ると、突然、黛は、「待て！　後進全速！」と避退を命じた。「鈴谷」の魚雷発射管からチロチロと蛇の舌のような火焰が見え始めたからである。

「航海長、誘爆するぞ！」

黛はさらに「利根」を避退させた。果たして彼の予言どおり、まもなく「鈴谷」は二本の魚雷に誘爆、大爆発を生じた。

「よし、もう魚雷はお終いだろう。短艇派遣！」

艦長の命令で、カッターが派遣され、白石少将らの司令部を「利根」に移乗せしめた。黛は急いで「利根」を後退させた。こんどは甲板上の高角砲弾が誘爆を始めた。「鈴谷」艦長は「総員退艦セヨ」を命じ、自分は沈んでゆく艦と運命を共にした。二十五日午後十二時半であった。

「筑摩」も、この後沈没し、則満艦長は艦と運命を共にした。生き残った乗員は「野分」に救助されたが、この後、本隊より遅れてサンベルナルジノ海峡にさしかかったとき、米水上艦艇に襲撃され、二十六日午前一時半、海峡の手前で沈んだ。生き残った者は米潜水艦に救助されたHという水兵ただ一人で、他は「筑摩」「野分」併せて全員が戦死したので詳細はわからない。

対空指揮官として大声をあげた右近は「筑摩」の艦橋トップで戦死したと考えられ、高角砲指揮官として勇戦した七十一期のトップ田結保大尉も「野分」移乗後戦死したものと思われる。

「利根」は、そのような僚艦、戦友に別れを告げながら、本隊の後を追って北上を続けた。

白石司令官が移乗して間のない、午後十二時四十一分、「利根」は右真横から四機の急降下爆撃をうけた。回避したが、そのうち一発は右舷後部舵取機械室の前に命中し、一瞬電気が消えた。このため、艦橋の舵輪と舵取機械を結ぶ電気回路が切断された。

「舵利きません」

操舵員がそう報告する。檜少尉がみていると阿部航海長は落ち着いたものである。

「直接操舵！」

「直接操舵不能！」

「よし、人力操舵に切り替え！」

航海長は冷静に教範どおりに指示をする。感心しながら眺めている檜少尉には一抹の不安があった。先に「筑摩」は後部に魚雷をうけ、舵故障で左旋回のまま前進不能に陥り、敵機の集中攻撃をうけることになった。いま「利根」が、その轍を踏んだら袋叩きに会うであろう。

しかし、「利根」の舵は幸いに左旋回のまま固定されることはなかった。人力操舵というのは、人間が直接後部の舵柄にとりついて、艦橋から伝声管で伝えられる命令によって舵を動かすのである。

「航海士、見て来い！」

と航海長がいうので、檜はラッタル（階段）を降りて後部に向かった。途中、高角砲、機銃の近くで対空班の兵士が何人も血をふいて倒れている。水線下の人力操舵室へゆくと、うす暗い中で相撲部員や特別短艇員など、腕っ節の強い連中が舵柄ととり組んでいる。

「取舵！」

艦橋からの命令を伝令が伝える。

水兵たちは、えっさ、えっさとかけ声をかけて太い舵柄を押す。闇の中に懐中電灯の灯がぼんやりと地底のような室内を照らし、上半身裸体で汗に濡れながら、舵にあたる水の圧力と取り組む男たちの盛り上がった筋肉や血走り緊張した顔は、地獄の鬼を思わせた。

「利根」は最後部に破孔を生じ、兵員室にも浸水、重油が洩れて尾を曳いた。高速を出すと後部に震動を生じるので速力を落とし、修理に力を注いだ結果、一時間後には三十ノットで本隊を追うまでに回復した。

このような「利根」の勇戦があったが、栗田長官は結局、北方の敵主力との決戦もあきらめ、午後九時三十五分、サンベルナルジノ海峡を通ってブルネイ泊地に向かい、ハルゼー部隊の激しい空襲をうけながらも、二十八日夜、主隊はブルネイ湾に入港した。「利根」もここに一週間にわたる苛烈な戦闘航海にピリオドを打った。

レイテ沖海戦における日本軍の損害は、戦艦三、空母四、重巡六、軽巡三、駆逐艦八、潜水艦六、計三十隻。戦果は小型空母一、護衛空母二、駆逐艦三、計六隻であった。

明らかに日本軍の大敗であるが、若い檜少尉にはそれよりも、ライオン艦長黛大佐の闘志、航海長阿部中佐の冷静さに感じ、そして「筑摩」をはじめ各艦で多くの戦友を失ったことが胸をしめつけていた。

「利根」の最期

ブルネイ湾で燃料を補給した「利根」は、僚艦とともに内地に回航し、一月下旬、母港の舞鶴に入港、レイテ沖でうけた後部の損傷などを修理することとなった。

ライオン艦長黛大佐は乗員に強い印象を残して一月六日、バトンを同じ四十七期の岡田有作大佐（「磐手」艦長）に渡した。

黛大佐は一年一ヵ月勤務し、レイテの激戦を戦い抜いた想い出多い「利根」に別れを告げ、横須賀鎮守府参謀副長として転出して行った。舞鶴の岸壁から「利根」の軍艦旗をふり仰いだとき、もう二度と軍艦に乗り、主砲をぶっ放すこともないかも知れん、と彼は考え、憮然とした面持になった。そして彼の予想は当たっていた。

檜少尉ら多くの若手士官たちも、相ついで「利根」を去った。

「利根」は岡田艦長指揮のもとに修理を急いだ。敵はすでにフィリピンを制圧し、沖縄上陸、そして、本土上陸も目前に迫っている。

二月二十日には、米海兵隊が硫黄島に上陸して来た。いよいよ戦場は本土の一部に喰い入ってきたといえる。

その同じ日、修理を終えた「利根」は戦備を整え、呉に向けて出港した。

翌日呉に入港した。湾内には戦艦「伊勢」「日向」「榛名」、空母「天城」「葛城」、巡洋艦「青葉」「出雲」「磐手」、駆逐艦「梨」などがいたが、いずれも燃料不足で満足に動けぬ状態である。

「利根」も例外ではなかった。経済速力である十二ノットでわずか五昼夜、三十五ノットの全速では十四時間しか航行ができない。これではとてもレイテ沖のような奮戦は望めない。

四月一日、敵はついに沖縄に上陸して来るのであるが、その十二日前、三月十九日呉方面に大空襲があった。（註、紫電改を有する松山の三四三航空隊が源田実司令のもとに勇戦して、グラマン・ヘルキャットなど約六十機の米戦闘機を撃墜したのはこの日である）

この日来襲した艦載機は数百機に及び、海軍工廠などのほか呉在泊中の艦船にも被害があったため、「利根」は江田内（江田島湾）に回航することとなった。湾内の南部にあたる飛《ひ》渡瀬《とのせ》海面には、すでに回航していた新型軽巡「大淀」がいたが、かなりの損害を受けていた。

「利根」は最初、海軍兵学校大原分校に近い津久茂沖に錨泊したが、ここは深いので、万一被爆浸水しても、着底して沈むことがないように対岸の能美島小町沖に前後四つの錨を入れて固定した。ここは浅いので、万一浸水しても上甲板以上が水にひたるおそれは少ない。

そうこうしているうちに、敵が沖縄に上陸し、四月六日、「大和」は「矢矧」以下の水雷戦隊をひきつれて、海上特攻として沖縄に向かうことになった。

天一号作戦の発動である。

——畜生、燃料さえあれば、おれたちもついてゆくのに……。

「利根」の乗員は、悲憤に燃えたが、いかんともし難い。

「大和」は片道燃料だという。帝国海軍もいよいよ追いつめられたという感じを蔽い難い。

「利根」も座して空襲を待つのみとなった。

五月になると呉方面への空襲が激しくなって来た。六月二十二日、七月一日の大空襲は多数の焼夷弾を伴い、呉海軍工廠は潰滅、呉市街も焼け野原となってしまった。これらの空襲のたびに、「利根」は近くを通る敵機を撃ち上げたが、遠いものが多く効果は少ないようであった。

そして七月二十四日、江田内在泊の「利根」「大淀」に対し、ハルゼーの機動部隊から来た艦載機が襲いかかって来た。

この頃、江田島の兵学校には、七十五、六、七期生徒約八千人が在校中であった。

「大淀」は兵学校のやや南方であるが、「利根」は表桟橋の真ん前に錨をおろしている。兵学校のカッターが吊るしてある岸壁との距離はわずかに二キロ。

――これはしっかりやらにゃあいかんなあ、生徒の前でみっともないことをしてはいかん……。

岡田艦長はそう自分に言って聞かせた。

このとき、三号生徒（一年生）として在校中の乾尚史生徒（後に防衛大学校教授）は、最近『海軍兵学校ノ最期』という本を出したが、在校生徒の目から見た「大淀」「利根」の最後の戦いぶりがその中に収められてある。

防空巡洋艦として新造された「大淀」の電探が、敵大編隊を探知したのは、この日朝七時である。

敵はグラマンF6Fヘルキャットとカーチス・ヘルダイバーの戦爆連合である。「大淀」は独特の長十センチ新型高角砲八門をふり立てて、敵の一番艦を撃墜するなど奮戦し、第一波を至近弾だけで切り抜けたが、続く第二波では数個の直撃弾を受け、三ヵ月半前、江田島を卒業したばかりの三沢正幸少尉候補生（74期）も機銃群指揮官として敵に立ち向かったが、電信室に命中した直撃弾により身体飛散して戦死した。

敵の一隊は「利根」にもかかって来た。「利根」は兵学校の職員生徒の見守るなかで全力対空戦闘を展開した。

航空巡洋艦として設計された「利根」は、このとき、二十センチ主砲、十二・七センチ高角砲計十六門に三式弾を装備していた。三式弾は従来の徹甲弾と異なり、無数の焼夷弾片を弾体内につめこみ、時限信管によって敵の直前で炸裂するように調定してあった。「利根」は降下して来る敵につぎつぎと三式弾を炸裂せしめ、瞬く間に、数機を火だるまとして江田内の中に叩き落とし、観戦していた生徒たちに快哉を叫ばしめた。

しかし、敵は多数である。

ついに四百五十キロ弾一発を左舷中部にうけた。爆弾は甲板を貫き機関室で炸裂した。続いて三弾の直撃をうけ、主砲塔一基も使用不能、さらに至近弾七発を数え、艦体にも損傷が大きかった。

動かざる「利根」は、十六門の砲と百門の機銃をふり立てて群がる敵を迎え撃つこと七度。午後四時半をもって、空襲は終わった。

「利根」「大淀」の火災にたいし、兵学校では、定員分隊の下士官兵より編成した防火隊を組織してこれを派遣し、「利根」の火災を消しとめた。「大淀」の火勢はなかなか衰えなかったが、二日後やっと消火し、沈没、転覆をまぬかれた。

しかし、敵の江田内攻撃はこれで終わったわけではなかった。

七月二十七日、五十機以上の戦爆連合が、ふたたび江田内を襲った。この日「利根」は、左舷中部に直撃弾をうけ火災を生じたが、またもや兵学校防火隊の応援によって鎮火せしめ得た。

そして、いよいよ最後の日、七月二十八日がやって来た。

この日は大編隊で、「利根」は、全砲門をひらいて応戦したが、左舷艦橋横に直撃弾一発をうけ、艦橋にいた岡田艦長は大震動を感じ、やっと手すりにつかまって体を支えた。

このほか舷側に至近弾数発を数え、浸水がひどくなった。

「大淀」の損害はもっとひどく、右舷に多くの直撃弾と至近弾をうけ、大火災を生じ、死傷者多数、艦は徐々に右に傾き始めた。艦長はついに「総員上甲板」「総員退去」を命令した。そして、激闘十数時間の後、夜半、「大淀」は飛渡瀬海岸に横転してしまった。

乾氏の『海軍兵学校ノ最期』には、若い士官をめぐるエピソードが出ている。

「利根」「大淀」の負傷者は兵学校に運ばれて治療をうけた。四〇一分隊の伍長藤田生徒は、草間四郎中尉がかつぎこまれたと聞いたので、夕刻、戦時治療所にあてられている防空壕に行ってみた。草間中尉は七十三期生で藤田生徒が三号生徒のとき同じ分隊の伍長で、いろいろ教えてもらった懐かしい先輩である。

軽巡「大淀」の機銃群指揮官を勤めていた草間中尉は、「利根」で勇戦した檜少尉らの同期生で、中尉に進級したばかりであった。

藤田が顔を出すと、草間は喜んだ。

「おう、藤田か、よく来てくれたな」

草間は爆弾の破片で太腿を大きく削られ出血が激しかった。すでに体が弱り、死は目前であった。

「おい、藤田、おれはもういかん。それに傷がばかに痛む。後輩の前で見苦しい真似はできん。そこにおれの軍刀があるから、それでおれの首をはねてくれ！」

「いえ、伍長、そんなことはできません」

言い争っているうちに、草間の脚の包帯は紅に染まり、それが拡大し、

「うーむ、痛い。ばかに痛む。おれを斬ってくれい、頼む……」

と呻いていた草間中尉は、突然、ベッドの上で姿勢を正し、

「天皇陛下万歳！」

と叫ぶと、がっくり息が絶えた。

世話になった一号生徒の無残な姿に、藤田は暗然とした。戦争の無残なドラマは江田島でも演じられていた。

そして、翌二十九日、「利根」は左舷の浸水甚だしく、岡田艦長は右舷に注水して復原を図ったが、ついに左に傾斜したまま着底、上甲板を波が洗う始末となり、「利根」はここに完全に戦闘能力を失うに至った。

進水以来七年十ヵ月、つねに機動部隊に随伴し、日本海軍の新戦力として太平洋、インド洋、南シナ海を駆けめぐり、砲声を轟かせた航空巡洋艦「利根」は、僚艦「筑摩」に遅れること九ヵ月にして、ついに艦籍を去ることになった。

しかし、「利根」が上甲板まで沈み戦闘力を失っても、なお八門の二十センチ主砲は天を

指し、砲撃の姿勢を示していた。

それが航空巡洋艦「利根」の執念であり、また天を仰いで慟哭する日本海軍の最期の姿であった。

戦艦「金剛」主砲火を吐く

一

昭和四十八年一月のある日、まだ正月気分の残っている横浜駅におりた、元海軍中佐、志摩亥吉郎は、近くの果物屋でパパイアとマンゴスチンを買った。

――砲術長は、パパイアが好きだったから、これをおみやげにしよう……。

志摩は、当時の「金剛」砲術長、浮田信家中佐（終戦時、大佐）のいかめしい顔を思い浮かべながら、にやりと笑った。

ヘンダーソンの飛行場を火の海にした戦艦「金剛」「榛名」の、有名なガダルカナル砲撃当時、志摩は、黒木という旧姓で、大尉の古参で、「金剛」の主砲発令所長の配置にあった。砲術長の浮田中佐を助けて、敵陣深く乗りこみ、広域散布射撃ともいうべき特殊な陸上砲撃を行なった、昭和十七年十月十三日から、早くも三十年余りが経過していた。

足かけ五年間にわたる太平洋戦争を通じて、日本海軍の主力であるべき、戦艦の主砲が火を吐いたことは少なかった。戦闘の主兵器は、飛行機に移ってしまったのである。そのなかにあって、ガ島の飛行場に、合計九百二十発の三十六センチ砲弾を撃ちこんだ「金剛」の砲台は、辛うじて、戦艦健在なりの名目を保ち得たものといえようか。

約束の午後六時ジャスト、横浜東急ホテルのロビーに着くと、几帳面《きちょうめん》な浮田砲術長は、もう到着していた。海軍の不文律である五分前の精神を、この人は未だに守っているのである。

「砲術長！　遅くなりました」

と敬礼の形で手をあげる。

「やあ、久方ぶりだね」

通称、〝宇喜多秀家〟と、関ヶ原合戦の猛将の名をもって呼ばれた、浮田大佐のきびしい顔が、ほころびた。

「どうかね、君のおやじさんは……」

浮田大佐は、志摩の養父のことを尋ねた。黒木大尉は、逗子の志摩家に養子に入って、志摩亥吉郎となったのであり、養父の志摩清英中将は、レイテ沖海戦の志摩艦隊の司令長官であった（そして、筆者が海軍兵学校当時の通信科の教官でもあった）。

「いや、もう、八十三歳ですからね……」

そう言って微笑する志摩の頭を眺めながら、

――大分薄くなったな。黒木発令所長の頃は、ふさふさとしていたものだが……。

と、浮田大佐は、自分も白くなったびんの髪に手をやった。

「砲術長、これ、おみやげです。そこで、買って参りました」

「ほう、パパイアかね。懐かしいね。南方ではよく食ったものだがな……」

うなずきながら、浮田大佐は、その包みを受けとった。

二人の掌と掌の間で、時間が逆に流れ、回想は、トラック島のＧＦ（連合艦隊）から、ガ島沖の「金剛」の艦上に移って行った。

二

さて、これから、「金剛」の壮烈なガ島砲撃について、筆を進めるのであるが、その前に、当時、ガダルカナルの陸上で起こった、一つの事件について話しておこう。

昭和十七年九月末のことである。

優勢な米軍に囲まれて、苦戦を続けているガダルカナル島のエスペランス岬に近い海軍陸戦隊の司令部に、不思議な命令が舞いおりた。日本の攻撃機が、空から通信筒を投下したのである。

そして、その命令によって、中隊長の白井大尉に命令が伝達された。

命令を受けた白井大尉は、けげんな顔をした。

一、ドラム缶を二つに切断し、これを十個用意せよ。
一、ボロ切れを丸め、直径五センチ、長さ十センチの円筒形となし、これを百個用意せよ。
「何にするんだろう。これに火をつけて、敵のなかに投げこめ、というんだろうか」

不思議がる部下を督励して、白井中隊長は、命令どおりのドラム缶とボロ切れのかたまりを準備した。

すると、司令部からはつぎの命令が来た。

指定日＝X日＝の夜間、右のボロ切れに石油をしみこませ、つぎの地点において、たき火を行なうべし。
一、エスペランス岬、二、タサファロング岬、三、クルツ岬。
これを見た白井大尉は、参謀に、

「一体、何に使うんですか。用途を教えて下さいよ。使い道がわからないと、火をたく方も張り合いがありませんよ。何しろ、南緯十五度の熱帯で、たき火をするほど寒くはないんですからね」

とせがんだ。

「うむ、これはだな、戦艦が主砲で、夜間、陸上砲撃をするための目標にするんだ」

「戦艦が主砲で？　我々のいる陸地を撃つんですか」

白井大尉は眼を丸くした。

「ばかを言っちゃいかん。米軍のヘンダーソン飛行場を叩きつぶすんだ。そして、敵の飛行機が沈黙している間に、陸軍と我々でルンガ基地を奪い返し、米軍を海へ追い落とすんだ」

「わあっ！　こいつは凄いや。そして、その戦艦というのは、どの戦艦です？」

「うむ、極秘だが教えてやろう。三戦隊の『金剛』と『榛名』だ」

「ははあ、高速戦艦の三十六センチ砲ですね。こいつなら効果がありますね。うまくゆけば、ガダルを奪回できますね」

「うむ、トラックからガダルまで、敵の航空部隊につかまらずに、無事に到着してくれれば、極めて有効だと思うがね」

「大丈夫ですよ。戦艦がいよいよ出動してくれれば、敵の艦隊や輸送船団もイチコロですよ。間違いありません」

白井大尉は、大いに張り切って部下を激励して、ドラム缶を三つの指定基点に運ばせることにした。部下の陸戦隊員たちも喜んで、この作業に従事した。

「中隊長、指定日のX日というのは、一体、いつなんですか」

「うむ、十月中旬ということだ。その夜は、おれたちは岬に火をたいて、戦艦の主砲射撃で、アメちゃんの飛行場が燃え上がるのを見物するというわけだ」

「焼夷弾を発射するんでしょう。きれいだと言いますね。夜間、砲弾が飛んでゆくのは……」

「うむ、まあ、夏祭りには遅いが、ソロモン群島の花火見物というところだな」

隊員たちは、そんな会話を交わしながら、ドラム缶をトラックに積んで、所定の位置に運ぶ作業にとりかかった。

同じ頃、トラック島の環礁内に碇泊している、GF旗艦「大和」の長官公室では、艦隊参謀長、各艦長、砲術長が集まって、白熱の議論を戦わせていた。

議題は、もちろん、戦艦による陸上砲撃の可否についてである。

ある砲術長は言う。

「戦艦の主砲は、敵の戦艦を倒すために訓練されて来たものです。動きもしない陸上の砲撃などに出かけるのは、本来の目標を逸脱するものではないでしょうか。飛行場の破壊は、ラバウル基地の航空部隊の任務だと思います」

また、ある艦長は言う。

「恐らく、これは陸軍の要請でしょうが、ガダルの飛行場がとれないのは、陸軍の力が足りないからです。陸軍の尻ぬぐいに、貴重な戦艦を繰り出して、途中で敵の爆撃で沈められたりしたら、敵にはよい宣伝材料を与え、わが方としては、国民の士気に影響するではありませんか」

そのような論議を耳にしながら、「金剛」砲術長の浮田信家中佐は考えていた。

——いいではないか、陸上であろうと、とにかく、主砲を撃つチャンスを与えてくれれば……。主砲をぶっ放せば、それだけ士気が上がるんだから……。

活動家の彼は、トラック環礁でごろごろしているのが、すっかりいやになって来ていたのである。

浮田が「金剛」の砲術長に任命されたのは、昭和十六年四月のことである。

開戦のときは、仏印のカムラン湾にあって、イギリスの東洋艦隊に備えていた。

プリンス・オブ・ウェールズ、レパルスの二戦艦出動の報を受け、すわ！　と張り切って出撃したが、航空部隊に功をさらわれ、ついに主砲を発砲するチャンスはなかった。

——何でもいいから、ドカンと撃たせてもらいたい。それでないと、砲員の気分がくさってしまう。うまくいって、敵の戦艦でも出てくれれば、めっけものではないか。とにかく、陸軍と航空部隊ばかりに苦戦させておいて、戦艦が後方で昼寝をしていてよいという法はない……。

浮田は、そう考えていた。

彼は、部下の士気というものを考えていた。

昭和五年、まだ海軍大尉の頃、彼は横須賀航空隊勤務を命ぜられたことがあった。第一期飛行予科練習生の教官兼分隊長として、基礎訓練にあたったのである。きびしい訓練の間にも、若い予科練生との間に、相通ずるものがあり、少年たちは、分隊長を「おやじ、おやじ」と呼んで、敬愛し、日曜には必ず押しかけて来て、寿司や汁粉《しるこ》をたらふく食って帰るのがつねであった。（註、一期予科練からは、後にB29撃墜王として二階級特進した遠藤幸男中佐をはじめ、多くの名パイロットが輩出している）

そのような訓練期間に、彼はいかにして、若い兵士たちの士気を昂揚せしめるかを体得していたのである。

ひとわたり、意見が戦わされた後、正面に座っていたGF長官山本五十六が、おもむろに口を切った。

「戦艦によるガダルカナル島飛行場砲撃は、万難を排して、これを実行します。詳細は、砲術参謀をして、説明せしめる」

これで一座は、しーんとなった。

ガダルカナルの陸軍主力となるべき、百武中将の率いる第十七軍の参謀辻政信中佐が、トラック島に飛来したのは、九月二十四日のことである。

辻は、山本五十六に懇請した。

「陸軍が、ガダルカナルで苦戦しているのは、一に、敵飛行機の間断ない攻撃によるものです。是非、海軍の手で、敵の航空部隊を叩きつぶしていただきたい。そうすれば、一ヵ月足らずで、ガ島は占領してごらんに入れます。百武軍司令官は、十月六日、ガ島に上陸の予定ですが、今の様子では、輸送船で無事にガダルに上陸できるかどうかもあやしいのです。是非一つ、海軍の協力をお願いしたい」

黙って聞いていた山本五十六は、やがて、腕組みを解くと言った。

「海軍の力が足りないために、陸軍に心労をかけて申し訳ない。百武司令官は、どんなことがあっても、軍艦で、安全にガ島に上陸していただく。輸送船に乗って、上陸前に沈むようなことは、絶対にさせません。たとえ、この『大和』をガ島にのしあげても、百武司令官は、無事、上陸していただく。つぎに、米軍の飛行場制圧の件は、わが方にも考えがあります。必ず、敵の飛行機をガダルカナルから吹きとばして見せますから、安心して下さい」

この山本のことばを聞いて、辻は安心して、百武の司令部にもどった。

このとき、すでに山本の胸には、戦艦によるガ島砲撃の考えが湧いていたのである。

山本は、GF砲術参謀の渡辺中佐に命じて、この件を検討させ、ある程度の成案を得ていた。

居並ぶ、艦長、砲術長を前にして、渡辺参謀は説明を始めた。

「第三戦隊『金剛』『榛名』および巡洋艦『五十鈴』、駆逐艦九隻をもって、『挺身攻撃隊』を編制する。本挺身攻撃隊のトラック島出撃を十月十一日早朝とする。本隊は、十月十三日夜、ソロモン群島北方より、ガダルカナル島とサボ島の中間の水道に進入、敵ヘンダーソン飛行場に対し、三十六センチ主砲をもって砲撃を行なう。使用砲弾は、徹甲弾、零式弾、三式弾を混合し、射撃弾数は、一艦千発までとする」

ここまでは、うなずきながら聞いていた浮田砲術長は、つぎの渡辺参謀のことばで、どきりとした。

「射撃要領は、長さ二千二百メートルの敵滑走路を中心とする正方形を設定し、これを二十五の区画に等分し、各区画に満べんなく砲弾が落下するよう、広域に、均等に弾着が散布するよう工夫されたい。これは、滑走路の破壊のみならず、周辺の飛行機、砲座、格納庫などを破壊し、敵航空兵力を完全に一掃する必要があるからです」

これを聞いた浮田は、

――ふーむ、広域、均等、散布射撃か……。

と、心のなかで唸った。

開戦の直前から猛訓練を重ねて来たが、それは、もっぱら、航行する敵戦艦に三十六センチ弾を命中させることに限定されていた。

何万平方メートルもある広い陸地に、均等に砲弾をばらまくような射撃が、うまくゆくかどうか、彼には自信がなかった。しかし、彼には、ひそかに頼むところがあった。それは発令所長黒木大尉の頭脳である。黒木は海兵六十期生で、浮田よりは十期後輩である。しかし、六十期を一番で卒業した、その頭の切れ具合は、砲術関係でも定評があった。

――黒木ならやってくれるだろう。彼が発令所長ならば、この広域、均等、散布射撃のデータをうまく算出してくれるだろう……。

浮田は、そう考えて、大きく息を吐いた。

三

ここで、砲術長と発令所長の関係について簡単に説明しておこう。

戦艦の前甲板に、高い櫓《やぐら》マストがあるのを読者はご存じであろう。

あの最頂上にあるのが主砲射撃指揮所で、戦闘中、砲術長はここにいて指揮をとる。

しかし、敵の動きと味方の動き、風向、風速、砲弾の速度などを考慮した諸元（データ）を算出するのは、射撃指揮所の役目ではなく、発令所にある射撃盤の役目である。

発令所は、櫓マストの下方、防御甲板の下にあり、艦底に近い。ここに、測距儀で計測された敵までの距離、敵の針路、速力などの諸元が送られて来る。

射撃盤は、今日でいうならば、一種のコンピューターである。多くのデータを瞬時に計算し、主砲の射角（仰角）、方位角（何度に砲を向けるか）などを決定し、これをトップの射撃指揮所にある方位盤という機械に送る。

方位盤の両側には、射手と旋回手がいて、射撃盤から送られてきた針の動きに目盛りを合わせる。これを追尾という。方位盤の動きは、そのまま三十六センチ砲塔の砲側の受信器に送られ、砲側でも、射手と旋回手が追尾を行ない、主砲は方位盤の動くとおりに、旋回し、仰角をとる。

準備の整ったところで、砲術長が「撃ち方始め！」を令し、方位盤の射手が引き金を引くと、八門の三十六センチ砲が、一斉に敵の方に向かって火を吐くのである。

このとき、各砲側の追尾がうまくいっておれば、砲弾は一斉にとび出すが、追尾がはずれていると、その砲塔からは、弾丸が出ない。これは、砲塔員全部の恥とされ、したがって、射手、旋回手は、必死になって、受信器の針の動きに、目盛りを合わせる追尾の猛訓練を行なったものである。

しかし、いくら、砲弾が無事に発射されても、元になる計算が狂っていては何もならない。その点、優秀な頭脳を持っている黒木が発令所長なら、心配はない。それに、敵の針路や速力などを計測する測定分隊の分隊長、高田知夫大尉も、六十六期生で、この四月、大尉になったばかりのホヤホヤであるが、信頼のおける分隊長であった。

このような理由で、浮田砲術長は、困難な広域散布射撃に取り組むことを決意したのである。

三戦隊の旗艦「金剛」では、直ちにガ島砲撃の作戦会議が開かれた。

当時の三戦隊司令官は栗田健男中将で、後にレイテ沖海戦で栗田艦隊を率いて、突入中止を命令し、話題となった提督である。

「金剛」の艦長は、後に二艦隊参謀長となった小柳冨次大佐で、声望の厚い人であった。僚艦の「榛名」は、艦長が石井敬之大佐、砲術長が五十一期の越野公威《きみたけ》中佐で、この人は、シブヤン海で戦艦「武蔵」が沈んだときの砲術長である。

「砲術長、広い飛行場に、均等に弾丸《たま》を散らせということだが、大丈夫かね」

小柳艦長が、やや心配そうに尋ねた。

「はあ、大丈夫です。ただ今、鋭意研究中でありますが……」

浮田は、そう言うと黒木の方を見た。黒木は、大きくうなずいた。

「千発も撃つとなると、強装薬ではいけませんな。砲身が傷んでしまいます。ここは、弱装薬でゆきましょう」

浮田は黒木と相談して、そんな提案をした。戦艦の砲弾は、弾丸と装薬に分かれている。弾丸は飛んでゆく方で、装薬はこれを撃ち出す火薬である。三十六センチ砲は三万八千メートルぐらい飛ぶが、今回の砲撃は、射距離二万三千メートル内外で行なわれるので、火薬の少ない弱装薬でよいわけである。その方が、砲身の傷みが少ない。

やがて、GF司令部との打ち合わせで、「金剛」の射弾は三式弾を主体として、つぎに零式弾、徹甲弾と決まり、三式弾の補給が始まった。

三式弾は、一発の三十六センチ砲弾のなかに、五百発の焼夷榴散《りゅうさん》弾をつめたもので、信管の調整によって、弾丸が着地する前に炸裂すると、五百個の小さな焼夷弾と、鉄の弾片が四周に飛散し、飛行機を焼き、地上施設を破壊する。（註、この三式弾は、後に、戦艦に対して来襲する飛行機に対しても、非常に有効で、昭和二十年四月、「大和」が九州の南方で撃沈されるときも、この新型砲弾で、多くの米機を落とした）

零式弾は、一発のなかに、千個の榴散弾を内包し、もっぱら、陸上施設と兵員の破壊に使用される。

徹甲弾は、戦艦の厚い装甲鈑を貫通した後、下甲板で炸裂するように作られた戦艦主砲元来の目的に使用されるもので、これは陸上射撃の場合、要塞、トーチカなどの破壊に有効であると考えられた。

十月六日夜、陸軍の百武第十七軍司令官は、十六隻の駆逐艦に守られて、ガダルのタサファロング岬に上陸した。この十六隻には第二師団の精鋭が満載されていた。

ガ島の陸軍司令部からは、「ワレ上陸ニ成功ス」という電報に続いて、米軍の現有兵力が報告されて来た。それによると、アメリカの陸軍及び海兵隊は約一万五千、大砲八十、高角砲三十五門、機関銃多数と推定された。

　これに対する日本陸軍は、新しく第二師団の上陸を得て兵数一万を越えたが、重火器が不足していた。ラバウルには十五センチ野砲百余門と弾丸二万発が待機していたが、これは、駆逐艦で運ぶことは不可能で、どうしても、輸送船に頼らねばならない。そういう意味でも、戦艦主砲によるガ島の敵飛行場制圧は必要であった。

　この日、第三戦隊のガ島砲撃は、十月十三日夜と決まった。

　艦長の小柳大佐は、浮田砲術長を呼ぶと、言った。

「砲術長！　X日は十三日と決まった。したがって、本艦は十一日早朝、トラック島泊地を出撃、ガ島の戦場に向かう。準備はよいな」

「は、本日、最後の仕上げとして、三式弾の夜間試射を行ないたいと思います」

「うむ、前線で効果をあげ得るよう、練度を上げておいてくれたまえ。おい、航海長！」

　と、艦長は、航海長の田ヶ原義太郎中佐を呼び、

「今夜、主砲の最後の試射を行なう。ところで海岸のたき火による測距（距離測定）の方はどうかね」

「はあ、なにしろ、たき火は艦型と異なって、火がゆらめきますので、測距儀員も初めはとまどっておりましたが、もう慣れましたので、今夜の仕上げで、実戦には大丈夫と思います」

「そうか、では、主砲の射撃時間は、午後五時とする。よろしく頼む、ガ島をとるか、とられるかの運命がかかっているのだ」

「承知しました」

砲術長と航海長は、大きくうなずいた。

十月六日午後一時、三戦隊の「金剛」「榛名」は抜錨してトラックの泊地を出港、環礁を抜け出して、住吉島から二万三千メートルのところで、まず徹甲弾の昼間試射を行なった。

この日、トラックでは、午後四時半が日没であった。GF（連合艦隊）は、東京時間を使用しているので、東経百五十二度のトラックでは、日出も、日没も、本土よりは一時間半ほど早いのである。

午後五時、「金剛」は、まだ夕陽を背景にしているトラックの諸島を右舷前方に遠望しながら、行動を起こした。

やがて、太陽は完全に没し、トラック環礁全体が夜のしじまのなかに包みこまれて行った。

「金剛」は、それらの島を右舷にのぞみながら南下した。

午後六時、住吉島から少しはなれた夏島の海岸でたく、たき火が三個見えた。

「戦闘用意！」

艦橋から艦長の号令が下される。

続いて、浮田砲術長が各砲台に号令を下した。

「右砲戦、右四五度、住吉島の仮設砲台、夏島の灯火による間接射撃を行なう。測距始め！」

マストのトップに、こうがいのように左右に張り出した十メートルの測距儀が、ちらちらとゆらめくたき火の炎をレンズにとらえて、距離を計測する。

「右舷の灯火、二四〇《にいよんまる》（二万四千メートル）」

これが、そのまま、艦底に近い発令所の射撃盤に送られる。発令所では、これによって、住吉島までの距離を算出する。

やがて、

「撃ち方始め！」

「金剛」の三十六センチ主砲が轟然と火を吐いた。本当は八門の主砲で斉射を行ないたいのであるが、三式弾は貴重なので一発ずつである。

三十六センチ砲弾が、二万四千の距離を飛翔するには一分間近くを要する。

やがて、

「用意！　弾着！」

計時員の声と、ほぼ当時に、住吉島の海岸に大きな花火が上がった。それは、上がったというよりも、斜めに放射された、と形容した方があたっていよう。じょうろで水をまくように、地上十メートルほどのところから、焼夷弾と榴散弾がまき散らされたのである。

「うむ、きれいだな！」

射撃指揮所にいた浮田は、思わず声をあげた。五百個の小さな弾丸は、陸上に到達すると、そこここで火花を散らした。それは、美しく、そして危険な、妖《あや》しい色を伴った花火であった。

「発令所長！」

と、浮田は、下部にいる黒木を呼び出した。

「成功だ。命中だぞ。三式弾の分散状態も申し分ない！」

「了解しました！」

発令所からは、冷静な、黒木大尉の声がはね返って来た。

四

十月十一日午前三時四十分、「金剛」を旗艦とする「挺身攻撃隊」は、ガ島砲撃の命をうけ、トラック泊地を出港した。

環礁の北水道をぬけて、しばらく十六ノットで北上する。これは、トラック周辺に網を張っているアメリカ潜水艦をまくための擬針路である。

陽がようやく昇りはじめ、払暁の海面には、まだ夜光虫のきらめきが見えた。

やがて、午前八時、頃合はよしとみて、攻撃隊は、針路一三五度（南東）に変針し、ソロモン群島に向かった。

「合戦準備！　昼戦に備え！」

「配置につけ！」

砲戦の訓練が始まり、トップにいる浮田砲術長の眼の下で、八門の三十六センチ主砲がぐるぐると回り始めた。

「明日は、ほとんど島影を見ることはあるまい。ソロモン諸島が視界に入るのは、明後日の朝で、砲撃は、夜中の二二三〇（午後十時半）ごろかな」

そう考えながら、浮田は、ふと淡い感傷に襲われていた。

――砲員たちは、みな張り切って、主砲をぶん回している。これが、敵の戦艦との決戦であったなら、いかに本望であることか。もし、陸上砲撃のために出撃して、途中で敵の航空部隊に捕捉され、被害をこうむった場合、部下に何と言ったらよいのか……。

第一期予科練の教官時代から、浮田はきびしい分隊長であったが、それだけに部下思いであった。彼は青年を愛していた。

トップの射撃指揮所は狭いが、ここには射手の福田太郎治特務中尉をはじめ、旋回手の西尾八三特務少尉、同、角田浜蔵兵曹長など二十名近い兵員が詰めていた。

浮田は、十八センチ双眼鏡から眼をはなして、伝令の位置についている越智《おち》正夫《まさお》一等水兵の横顔を見た。志願兵で、十七歳の若さである。

「おい、越智！」

と、浮田は声をかけた。

「はい！」

と、越智は不動の姿勢をとった。新兵に等しい越智にとって、砲術長は神様のような存在である。

「そう固くなるな。敵と出合うのは、明日の午後以降だ。睡眠をとれるときには、よく眠っておくのだぞ！」

「はい、わかりました」

「よろしい、かかれ！」

浮田は、そう命じると、ふたたび双眼鏡に見入った。お盆のようなといわれる直径十八センチのこの大望遠鏡は、倍率三十五倍以上で、四万メートル先に現われた敵戦艦のマストを視認することができ、また、わが方の射弾が、そのマストの遠方に落ちたか、前方に落ちたかを水柱によって識別することも可能であった。

双眼鏡で、南方の水平線を凝視しながら、浮田は一つのことに期待をかけていた。

——今夜は、「青葉」を旗艦とする「衣笠」「古鷹」などの六戦隊が、水雷戦隊とともに、ガダルのルンガ泊地に殴りこみをかけるはずだ。もし、これがうまく成功して、敵の水上部隊を叩くことができれば、わが挺身攻撃隊のガダル進入は容易となって戦果も上がる。しかし、これがうまくゆかないと、陸上砲撃のコースに入る前に、敵水上部隊と交戦しなければならない。そうなると、事面倒だぞ……。

浮田には、一つの懸念があった。

それは、三戦隊の主砲が、弱装薬を積んでいるという事実であった。

敵が巡洋艦程度ならば、二十センチ砲が相手であるから、二万五千メートル程度の射距離で戦えばよい。しかし、かねてから懸念されていた、ワシントン、サウスダコタ、クラスの新型戦艦が出現した場合、これらは四十センチ主砲を搭載し、恐らく「金剛」よりも射距離が長いと考えられるので、三万八千メートルくらいから撃って来ると考えられる。これに対抗するには、弱装薬では、弾丸が届かないのだ。

戦艦出現の報とともに、主砲砲塔に準備した弱装薬を、急遽、強力な常装薬に変更しなければならない。果たして、それだけの余裕を敵が与えてくれるであろうか。

それが間に合わなければ、敵は遠距離からアウトボクシングの要領で、こちらを叩き、こちらの射距離外の地点からそれを眺めているであろう。

——そうなったら、撃たせるだけ撃たせておいて、ルンガ泊地の近くに殴りこみ、敵の飛行場はおろか、ルンガ沖の輸送船団を撃って撃って撃ちまくり、最後は、タサファロング岬にのしあげて、不沈の陸上砲台として、ガダル制圧の捨て石とするほかあるまい……。

そう覚悟を決めて、浮田は、ふたたび眼下で砲戦訓練中の三十六センチ主砲群を眺めおろした。

十月十二日の早朝、トップの射撃指揮所裏の狭い休憩室で仮眠していた浮田砲術長は、夜直の伝令、越智一水に起こされた。

「砲術長、艦橋より連絡。昨夜、二三三〇（午後十一時半）六戦隊及び駆逐隊は、サボ島北東の海面において、敵巡洋艦四、駆逐艦四よりなる艦隊と交戦、重巡一隻轟沈、同一隻大破。わが方は、旗艦『青葉』大破、『古鷹』沈没」

「そうか、やはりやったか……」

浮田は腕を組んで考えこんだ。

続いて入った情報によると、「青葉」は方位盤、艦橋などに命中弾をうけ、六戦隊司令官五藤存知《ぞんち》少将は「青葉」艦長とともに戦死を遂げた。

「『青葉』は、方位盤に直撃弾をうけたのか。では砲術長以下、射撃指揮所員も全員即死したな」

浮田は、ひとごととは思えず、「青葉」の砲術長はじめ射撃指揮所員の冥福を祈るとともに、自分も覚悟を固めた。

攻撃予定日の十月十三日となった。

午前八時十分、

「ガダルカナルの南東二百マイルに、空母三隻東方に航行中」

という報告が哨戒艇から入った。（註、これが十月二十六日、南雲中将の機動部隊と南太平洋海戦を戦った、エンタープライズ、ホーネットの米機動部隊である）

午前十時、アメリカのＰＢＹ哨戒艇が四万メートル前方で触接を始めた。

——もう、ガダルは近いな。敵は我々の位置を知っている。おそらく、今夜は待ちかまえているだろう……。

そう考えていると、

「食事を持って参りました！」

若い主計兵が、額に大粒の汗を浮かべながら、トップの指揮所まで、大きな食罐を届けてくれた。

「戦闘配食だな……」

あけてみると、まだ湯気の立っている白いおにぎりに、牛肉の煮つけ、ゆで卵、レタスまでついている。

「わあ、遠足のお弁当みたいだな」

若い片山上水や、戸田上水が歓声をあげた。

「ご苦労だったな、主計兵。烹炊《ほうすい》所から、ここまで、大変だったろう」

「はい、それよりもお願いがあります」

「何だ？」

「ガ島をうんと撃っていただきたいのであります。私の兄は、川口部隊で、現在、ガ島で苦戦しているはずであります。戦死したかもわかりません」

「よし、心配するな。きっと、飛行場を叩きつぶしてやるぞ」

浮田砲術長がそう約束すると、彼は喜んで、空になった食罐をかついで指揮所をおりて行った。

正午、挺身攻撃隊は、ガ島の北東方二百マイルまで接近していた。

哨戒艇からの情報が入った。

「ガ島の東方百七十マイルに、敵戦艦一、重巡一、駆逐艦二、西へ進む」

敵は、わが挺身攻撃隊の進入に気づいて、戦艦をルンガ沖に急行させつつあるのだ。

三戦隊は、速力を二十八ノットに増速して、ガ島に急行した。

続いて、ルンガ沖の情況が通報された。

「正午現在、ルンガ沖には、敵駆逐艦二、輸送船二、サボ島沖に、駆逐艦一、行動中」

めざすルンガ沖は手薄だ。やはり、十一日夜の六戦隊の苦闘は、無駄ではなかったのだ。

突入するなら、いまだ。三戦隊は、栗田司令官以下、好機逸すべからずと、闘志を燃えたたせ、先を急いだ。

午後四時過ぎ、早くも日没となる。

「金剛」は、夕陽を背にして、くっきりとシルエットを浮かび上がらせているソロモン群島を西南に見ながら、フロリダ島の北方から、サボ島に針路をとった。

この夜は、月齢零、すなわち月は出ない。暗夜に接敵するため、この夜を選んだのである。

しかし、そのために、ガ島飛行場の視認はきわめて困難となるはずであった。

艦底に近い主砲発令所では、黒木大尉が、必死になって念じていた。

——予定どおり、ガ島のエスペランス、タサファロング、クルツの三つの岬に火がともりますように。そして、測距儀がうまく、距離を計ってくれますように……。

艦橋では、小柳艦長と田ヶ原航海長が、機関長と連絡をとりながら、射撃中の速力について打ち合わせを行なっていた。

「艦長、ガ島と並行に航走するようになったら、速力を十八ノットに落とします」

「うむ、あまり高速で突っ走ると、射撃時間が短くなるからな」

「射撃中は、きっかり十八ノットを維持するよう、機関科に回転の安定を頼みます」

「よかろう」

こうして、予定どおり、午後十時過ぎ、「金剛」はサボ島とガ島の間のサボ水道にさしかかった。

果たして、陸上のたき火は、打ち合わせどおり、点火されているかどうか。

五

一方、こちらはガ島の海岸である。

司令部に近いエスペランス岬の崖の上にドラム缶を並べた陸戦隊中隊長の白井大尉は、予定どおり、午後十時、石油をしみこませたボロ切れに点火した。火はえんえんと燃えさかって、隊員たちの顔を照らし出した。

「ほかの岬はどうかな」

双眼鏡をかざす白井大尉の眼に、遠いかがり火が映った。

「よし、タサファロング、点火。クルツ、点火。予定どおりだ」

そのときである。

「中隊長！　あれを見て下さい」

部下の兵曹が沖を指さした。

月もない暗夜の海面に駆逐艦を先導させ、粛々としのび入る二隻の巨艦があった。

「大きいです。戦艦ですね」

完全に灯火管制を行なっているが、星明かりで、おぼろげながら、艦型が認められた。

「『金剛』と『榛名』だ。とうとうやってきたな」

白井大尉は、双眼鏡を眼にあてたまま、呟やくように言った。

同じ頃、「金剛」の艦橋では、点火と同時に、視力三・〇という見張員がこれを発見していた。

「灯火二つ、大きい。右四五度」

「さらに灯火二つ、右、四〇度」

「さらに二つ、——右、三五度」

報告を聞いた艦長は、

「よし、予定どおりだ。砲術長に知らせろ」

と叫んだ。

しかし、十八センチ大望遠鏡を手にした浮田砲術長は、とっくにこれを認めていた。

「おい、発令所長、予定どおり、灯火が見えたぞ。後は頼むぞ」

彼は、黒木にそう電話すると、

「右砲戦、測的始め！」

を下令した。

測距儀を中心とする、高田知夫大尉指揮の測的分隊は、三つのたき火の方向距離を測定し、これを刻々に発令所の射撃盤に送る。射撃盤では、このデータによって、クルツ岬より六キロ東にあるヘンダーソン飛行場に照準を合わせた。

八門の三十六センチ砲がぐるりと旋回すると、右三〇度に照準を合わせた。

サボ水道を通過するとき、戦隊は、針路一三〇度で、ほぼ南東に向かっていたが、これを出切ると、間もなく、栗田司令官は戦隊の針路を七五度（東北東）に変針させた。ガダルカナルとの距離を、ほぼ二万三千メートルに保ち、アウトボクシングでゆこうというのである。

このころ、二隻のＰＴボート（魚雷艇）が三戦隊に接近した。

「われ敵魚雷艇を射撃中」

という、「五十鈴」からの連絡が入った。

「来たか」

浮田は、副砲術長を呼び出して、

「魚雷艇を射撃せよ」

と命じた。

副砲が火を吐き、魚雷艇は、たちまち転覆したが、さらに数を増し始めていた。

しかし、もう、そのような雑魚《ざこ》にはかまっておられなかった。

午後十一時半、小柳艦長は、

「主砲、砲撃開始は、二三三五（午後十一時三十五分）の予定」

と下令した。

浮田砲術長は、待っていたとばかりに、

「右八〇度、ガ島敵飛行場、交互撃ち方！」

を下令した。

一砲塔には二門の三十六センチ砲があるが、最初は、一門ずつ交互に撃って、精度を確かめるのである。

発令所では、黒木所長以下が懸命になって、射角と旋回角を測定し、トップの方位盤では、射手の福田中尉と旋回手の西尾少尉が、追尾に懸命であった。

「右三〇度、敵魚雷艇！　こちらに向かって来る！」

艦橋からの報告が入って来るが、幸いに敵の艦隊は現われない。

「射撃用意！」

八門の主砲は大きく仰角をかけている。射距離は予定どおり二万三千メートルである。

「十八ノット、回転整定」

機関室から、報告が入る。

戦隊は安定した速度で、ガ島と並行に東に走ってゆく。海岸に点火された三つのたき火が、双眼鏡のなかに、あかあかと拡大されて見えるが、めざす飛行場のあたりは、単なる闇である。背後にアウステン山という高い山をひかえているので、手前の飛行場は、周辺の椰子林すらも定かには見えない。

しかし、わが主砲の向いているところが、ヘンダーソン飛行場なのであろう。俊敏な黒木発令所長の計算には、狂いがないはずである。

予定された午後十一時三十五分、栗田司令官は、各艦に「砲撃始め！」を下令した。

浮田は、それを聞くと、すかさず、

「撃ち方始め！」

の号令を下した。声が思わず大きくなっていた。射手の福田中尉が、方位盤側の引き金を引いた。

バガーン‼

巨大な音響とともに、八門のうち四門の主砲が火をふいた。一トン近い弾丸を二万メートル以上もとばすのであるから、弱装薬といっても、相当の火薬の量が必要である。

〝主砲発射は濡れ雑巾〟ということばが、海軍にはある。戦艦の主砲が発射されると、トップにいる戦闘員は、濡れ雑巾で、力いっぱい頭から叩かれたような気がするのである。そして、眼球のなかが火事になったかのように、真っ赤になるのが普通である。

筆者は、昭和十五年秋、戦艦「陸奥」のトップにある防空指揮所で、四十センチ砲の実弾射撃に立ち合ったが、発射の瞬間は、足もとが大きく揺れたので、思わず、眼の下の手摺にしがみついた。そして、確かに、眼のなかが真っ赤に染まったのである。

このとき、浮田も、もちろんそのような衝撃を受けたが、彼は、それにもめげず、十八センチの双眼鏡を両掌でしっかり握り、一点を凝視していた。

砲術長の席は、方位盤の後上方にあり、方位盤は、射撃盤との連動で、自然に目標の方に向いているので、双眼鏡のなかには、やがて飛行場の様子が映るはずである。

三十秒……。四十秒……。そして、

「用意、弾着！」

水兵の声と同時に、浮田の双眼鏡の内面は、最初白く光り、すぐに真っ赤に染まった。

「やったぞ！」

炎のなかに、飛行機の破片が舞うのを認めた浮田は、

「おい、発令所長！」

と黒木を呼んだ。

「やったぞ！　飛行機に命中だ。飛行機がけしとんでいるぞ」

そのとき、飛行機が上空からこうこうと照らし出された。先に、水上機で「金剛」から発進していた飛行長の細谷宏大尉が、危険をおかして、敵飛行場上空に進入し、吊光《ちょうこう》投弾を投下したのである。

「初弾命中！　観測機より」

という報告が入った。水上機の主任務は、主砲の弾着観測である。

続いて発射された第二弾が、飛行場の格納庫に命中し、屋根がふきとぶさまが見えた。

「おい、発令所長、照準はいいぞ。いま、敵の格納庫がふきとんだぞ」

浮田は、なるべく詳しく命中の情況を下部の発令所に伝えた。

射撃盤の横では、黒木が、砲術士の清水少尉と顔を見合わせて微笑した。

浮田は、頃合よしとみて、

「一斉撃ち方！」

を令した。左右両砲を同時に撃つ。つまり、八門の主砲を同時に斉射する本格的な射撃法に変えたのである。

「おい、発令所長！　例の広域、均等、散布撃ち方を頼むぞ」

「承知しました」

そのとき、

「敵の野砲撃って来ます。届きません！」

艦橋からの見張りの報告が入った。

陸上から十五センチ砲で撃ってくるのだが、射距離が一万メートルあまりなので、みな途中の海面に落下して、夜目にも白々と水柱を立てている。

一方、副砲は副砲で、ＰＴボートを叩きつぶすのに忙しい。しかし、「金剛」は、順調に、ガ島の飛行場を右に見ながら東進し、主砲の斉射を続けた。砲弾には、徹甲弾、零式弾が混入されているので、必ずしも、全部が花火のように見えるわけではない。

しかし、三式弾が炸裂したときは、一瞬、ピカリと光ったかと思うと、同時に、マグネシウムをたいたような光の線条が四方に走り、ガソリンが燃え上がり、飛行機の焼けた破片がとび上がるのが、明確に視認された。

「おーい、発令所。三式弾が功を奏しているぞ。敵機が、どんどん燃えているぞ」

浮田は、そのように発令所に知らせたが、こちらは、難しい作業で、額に汗をかいていた。

例の広域、均等、散布射撃である。

飛行場の滑走路の一端から始まって、順番に基盤割の各目盛りに、弾丸を送らねばならない。飛行機の細谷飛行長からは一々弾着を教えて来るが、

「飛行場の北東のすみ、弾着不足、ここを狙われたし」

というようなことを言って来る。

発令所でそれを聞いた黒木は苦笑した。

その地点には、たまが行っていないわけではない。ただ零式弾なので、火をふかないため暗く見えるのだ。こちらの広域、均等、散布射撃は予定どおり進行しているので、とりこぼしはないはずなのである。

六

「金剛」の艦橋では、司令官の栗田中将と小柳艦長が思案をしていた。

「出て来ないようだね、敵の艦隊は……」

「はあ、一昨日、かなり叩かれましたので……。それに、こちらが戦艦なので、ちょっと向かっては来ないと思いますが……」

そこへ副長の山岡昭一中佐があがって来た。

「ちょっと、飛行場の火事を見に来ました。やあ、きれいですな。燃えとる燃えとる……」

双眼鏡に見入っていたが、やがて手を放すと、

「どうなんですか、敵の艦隊は……？　まだ現われませんか？」

と訊いた。

副長は応急総指揮官といって、防火防水の総指揮官なので、敵の出現が気にかかるのであった。トップの射撃指揮所にいる浮田の双眼鏡には、いよいよ滑走路が撃砕される様子が入り始めた。

この頃、米軍の飛行場建築法は日本軍より進んでいた。まずブルドーザーで、椰子の木をひっこ抜く。そのあとへ土を運び、ブルドーザーでならす。その上に、長い鉄板を繰りのばすのである。この鉄板は、重量を軽くするため、丸い穴が無数に打ち抜いてあり、ロール状に巻いて運搬する。したがって、日本軍のように、土をならしただけの飛行場よりは、はるかに堅牢である。

もっとも、ヘンダーソン飛行場は、岡村得長少佐の率いる日本軍の設営隊がほとんど完成

したものを、八月七日、米軍が上陸して分捕り、補強したもので、日本軍としては因縁《いんねん》つきの飛行場なのである。ついでに言えば、ヘンダーソンというのは、去る六月五日、日本海軍が大敗を喫したミッドウェー海戦で、最初に戦死した米軍の雷撃隊長レフトン・ヘンダーソン少佐の名前を記念したものである。

三戦隊は、針路七五度で、このアメリカにとって記念すべき飛行場をすみからすみまで、丹念に撃ちまくった。

いうまでもなく、米軍の驚きは非常なものであった。飛行機からの爆撃には慣れていたが、真夜中に、戦艦の三十六センチ砲から一トン近い砲弾が降って来ようとは、予測していなかったのである。

サミユエル・エリオット・モリソンの『第二次世界大戦史』にはこう書いてある。

「――その日の真夜中少し前、観測機の爆音がヘンダーソン飛行場上空で聞こえた。三分後、三十六センチ砲十六門が射撃を始め、その轟音は、ガ島の静寂を破り、山々に物凄くこだました。初弾弾着は、だいだい色の炎の種をまき散らした。栗田艦隊の射撃幹部は、搭乗員及び、陸上観測員からの通報によって修正を行なった。司令官と射撃幹部は、飛行場全体が火の海となるまで毎斉射が、次々と火焔をひろげてゆくのを、満足げに見入っていた。タコつぼにいた海兵隊員は、この砲撃が何ものによるものかわからず、不安のうちに、いろいろと推測した。弾着の散布帯が、順番に移動して動き回り、飛行機、燃料貯蔵所を爆発せしめ、椰子林をなぎ倒し、弾片で人員を殺傷し、大地は揺らぎ続けた。三十六センチ砲弾一発は、新しく着任したバレー陸軍少将の司令部に命中、炸裂した。来たばかりの米兵たちは、ガダルの日常とは、いつもこんなものかと考え、眼を丸くし肝を冷やした」

第一次航過の砲撃は三十六分間続いた。

栗田長官は、五分間、砲撃中止を命じ、戦隊を一八〇度反転させ、針路二五五度（西南西）に向けた。もう一度、念入りに飛行場を叩こうというのである。

「見張員！　敵の水上艦艇をよく見張れ！」

航海長がそう命令した。

敵艦隊が現われたならば、直ちに艦隊砲戦に切り替え、未明までに戦場を脱出しなければ、敵航空機の襲撃を受けるおそれがある。

しかし、幸いにして米艦隊は沈黙していた。もう十月十四日に入っていた。午前零時十九分、ふたたび、

「砲撃始め！」

が下令された。

発令所は忙しくなった。分割された地区で残っている地域に、満べんなく、三十六センチ砲弾をお見舞いしようというのであった。

再度の「撃ち方始め」が、浮田砲術長から下令されてから間もなく、

「初弾命中！」

の報が、観測機から届いた。

「分隊長、帰りもうまくゆきそうですね」

発令所では、砲術士が微笑しながら黒木大尉に言った。

「うむ、不公平にならぬよう、均等にお見舞いせねばいかんからな」

黒木は、射撃盤に導入されてゆく諸元をみつめながら、そう言った。

やがて、午前零時五十八分、効果十分とみて、

「砲撃止め！」

が、艦橋の栗田長官から下令された。

「撃ち方止め！」を下令した後、浮田砲術長は、戦闘服である第三種軍装のポケットからタオルを出して、顎にしたたる汗をふいた。やはり、緊張していたのである。

双眼鏡のなかでは、ガ島の飛行場が、ますます燃えさかっていた。燃料タンクの爆発は続き、煙は高く舞い上がり、周囲の椰子林や兵舎が、あかあかと染まって見えた。

「第五戦速！　ただ今より帰投する！」

「各砲台は、水上戦闘に備え！」

戦隊は、帰投のため増速した。

正味一時間十分の射撃時間で、「金剛」の主砲が、ガ島のヘンダーソン飛行場に撃ちこん

だ三十六センチ砲弾は、九百二十発、これは、このときまでの陸上砲撃のレコードである。（註、但し、この砲撃がきわめて有効であることを米軍に教えたため、この後、日本海軍の後退とともに、米海軍は、ガ島の日本軍陣地に艦砲を撃ちこんで、多大の損害を与え、その後も、この方法が、グアム、サイパン、硫黄島、沖縄でも踏襲された。「金剛」の砲撃は、飛行場制圧の輝かしい一頁であるが、その後の日本軍を苦戦に陥れる秘法を敵に教えてしまった、とも言える）

再度、モリソンの戦史から引用してみよう。

「栗田は、同僚の草鹿（十一航空艦隊司令長官）から、十四日朝、日本の航空部隊が、ガ島の飛行場を爆撃する予定であることを知っていたので、早朝の米機の報復攻撃を恐れてはいなかった。彼は正しかった。

翌朝、米海兵隊員は、タコつぼからはい出すと、飛行場周辺に散在する大きな割れ目を見た。地上にあった九十機の半数以上が破壊され、四十二機が残っていた。四十一人が死亡し、多数が負傷した。

海兵隊の連隊長は、飛行場に残った航空部隊の搭乗員に暗い表情でこう告げた。

『残念ながら、我々海兵隊の現有兵力では、飛行場を確保できるかどうかわからない。さらに、日本海軍の大部隊がこちらに向かっていると考えられる。問題は燃料である。本飛行場には、多分一回だけ作戦を行なえると考えられる燃料が残っている。諸君は、この燃料をもって、来襲する敵を迎え討て。燃料が尽きたら、諸君は、歩兵部隊に所属せよ。では、左様なら、幸運を祈る』」

このモリソンの記録による、飛行場の残存機四十二機というのは、かなりあやしい。それだけの機が残っていたら、十四日早朝、ガダルから、まだ百マイルそこそこしか避退していない三戦隊に攻撃がかけられたはずである。滑走路が破壊されていても、お手のもののブルドーザーで修理はできたはずである。

ここに、海兵隊戦史『ガダルカナル戦』という一編に、興味ある記述がある。

「同夜遅く、二隻の戦艦から、米軍陣地に一大猛攻が加えられた。飛行場周辺及び、戦闘機滑走路に八十分間連続砲火が浴びせられた。観測機からの吊光投弾は、有効な照明を行ない、砲火は正確で、被害は甚大であった。偵察爆撃機は損害がひどく、砲撃終了時には、SBD（ダグラス急降下爆撃機）一機が残っただけであった」

戦闘機の残存機数については、これに記述がないが、要するに、十月十四日朝、ガ島で作戦行動のできる爆撃機は一機しか残っていなかったわけである。

「金剛」の射撃指揮所で水平線からみつめていた浮田砲術長は、ひそかに、敵航空部隊の報復反撃を恐れていたが、はらの底では、あれだけ叩いておけば、おそらく、二、三日は復旧できまい、という気持があった。そして彼は正しかったのである。

戦艦二隻によるガ島の砲撃は、この段階においては、完全に成功していたのである。

しかし、惜しいことに、これだけの成功を収めながら、陸海の作戦は連繋を欠いていた。三戦隊の砲撃の直後に、陸軍が進撃して、ルンガ泊地を奪取しておけば、以後の作戦に大きな影響を及ぼしたであろうが、この夜、陸軍はほとんど動かなかった。陸軍は、兵力の補給不十分として、総攻撃を六日ほど後に想定していた。そして、それはさらに延期され、十月下旬となり、失敗したのである。

それはそれとして、この果敢な戦艦部隊の殴りこみは、米軍の幹部に痛烈なショックを与えた。

十四日の朝、ガ島方面海兵隊総司令官バンデグリフト中将は、戦艦砲撃による被害を、海上部隊司令官のハルゼー中将に打電した。ブル（牡牛）と仇名をとるハルゼーも、こいつはやられたと思った。出し抜かれた、と思ったのである（同時に、この手は使える、と考えたに違いない）。

彼は、バンデグリフトに丁重な慰めのことばを送った後、言った。

「ガ島作戦の継続は、きわめて困難と考える。貴官の判断を聞かせて欲しい」

これに対して、バンデグリフトは返電した。

「作戦継続は困難ではあるが、不可能ではない。もし、貴艦隊が、日本艦隊を制圧してくれるならば、わが海兵隊は、ガ島を守り抜くであろう」

すると、折り返し、ブル・ハルゼーから返電が来た。

「了解した。もし、貴官が、あくまでもガ島を死守するというのならば、わが艦隊も、全力をあげて、ジャップの艦隊を叩いてごらんに入れよう」

こうして、戦闘の舞台は、日米空母部隊が激突する南太平洋海戦の死闘（十月二十六日）に移ってゆくのである。

興味深いことに、この作戦で「金剛」が出した被害は、水兵一名死亡である。それも、敵弾によるものではなく、砲塔の下部にある弾火薬庫で、あまりの高熱のため、熱射病で急死したものである。この被害は、「榛名」にもあり、こちらは十一名が熱射病で死亡した。いかに、主砲の連続射撃によって、砲塔内が高温に加熱されていたかがわかるであろう。

ソロモン列島を抜け出して、トラックへ向かう途中、トップの指揮官席で水平線を眺めながら、浮田は思案していた。

「第一回は成功した。しかし、第二回はどうかな？　優勢な敵が、このまま指をくわえてひっこんでいるとは考えられぬ。第二回は危ないのではないか」

果然……。三戦隊がトラック島に帰って戦況を報告すると、「大和」艦上で、議論がふっとうした。それだけ効果があるのなら、連日でもガ島を砲撃すべきだ、とある参謀は言う。またある艦長はこう言う。

「孫子でしたかな。奇は孤なるをもってよしとす。複となすは不可なり、と。つまり、奇手というものは、一回だけ使うのがよろしい。二回目は、手の内を見られて危ない。ということです」

浮田もそれに賛成であった。討議終了時に、山本五十六は言った。

「再度、戦艦を使用するかどうかは、研究課題としておく。しかし、輸送船護衛の巡洋艦、駆逐艦は、能《あた》う限り、敵陣地を砲撃する工夫をしたらどうかね」

この年、十一月五日付で、浮田信家中佐は、軍令部出仕兼海軍省出仕に補せられる旨、発令になった。一年半にわたる「金剛」との生活に別れを告げ、陸上勤務となるのである。

十一月九日、彼は、黒木発令所長をはじめ懐かしの「金剛」砲術科員から、「帽を振れ！」の歓送の礼式に送られて、「金剛」を後にし、水上機母艦「千歳」に便乗して、トラックを出港、佐世保に向かった。

九日朝、「比叡」「霧島」の二戦艦から成る十一戦隊を中心とする第二次挺身攻撃隊が、ガ島に向かったことを彼は傍受電報で知った。

——やっぱり、やるのか、気をつけないと危ないぞ。今度は敵も待っているぞ……。

「千歳」の艦上で、浮田は祈る思いであった。

十一月十四日の朝、悲報が浮田の耳に入った。十一戦隊を中心とする突入部隊は、米海軍の待ち伏せを喰らい、混戦状態となり、陸上砲撃はとり止めとなった。

間もなく、「比叡」が行動不能となり、サボ島沖で撃沈された旨が、浮田の耳に入った。

そして、さらに、十五日早朝、ガ島を強襲した第二艦隊は、戦艦「霧島」を失ったのである。

当時の発令所長、黒木大尉と語り合いながら、浮田大佐は考えていた。

——戦争は遠い昔となった。しかし、人間の努力と、そこから生じた教訓は、消えることはないであろう——と。

戦艦「武蔵」自沈す

一

海戦の遠景は雄大だといわれるが、近くによって、内面を見れば、さまざまな人の動きと、それぞれのドラマがある。昭和十九年十月、比島南方シブヤン海の海底に沈んだ戦艦「武蔵」は、その最期に悲壮美を漂わせているが、いまも海面に耳をふせれば、艦底の機関室で、地獄の戦いを演じた無名の機関兵たちの呻き声が聞かれよう。

戦艦「武蔵」は、排水量（満載）七万二千八百トン、主砲四十六センチ砲九門。世界一の巨艦で、不沈艦の名をほしいままにしていた。そして、艦底の罐《かま》室で暗黒のドラマを演じた人々のなかには、今でも「武蔵」は撃沈されたのではない、自分が艦底のキングストン弁をあけたために沈んだのではないか、と考えている人がいる。これはその、男の物語である。

銀座一丁目に銀一横町という飲み屋街がある。戦争直後のバラック造りの面影を残し、縄のれんをまじえて十数軒並ぶ居酒屋の、カウンターの板の色も古び、酒そのものよりも雰囲気を愛すると自認する、銀座の勤め人の憩いの場所となっている。

「すみき」はその二階にある小料理屋で、七人で満員になる小さな店だが、新鮮な魚料理がうまいので、夕方は客がたてこみ、外で並ぶ客も多い。中年のおやじが一人、早朝、魚河岸で選んできた材料で、刺身をつくり、まながつおの西京《さいきょう》焼きを網の上であぶり、あらだきを煮込み、やきとりを焼き、おでんの味を整え、酒の燗をつけ、そのうえ、客の話し相手をつとめる。

「おやじ、一人で大変だね」

来はじめて間のない客がそうねぎらうと、

「いや、このくらい、艦内戦闘配置のことを考えれば、何でもありませんや」

鯵《あじ》のたたきを作りながら、おやじは独特の太い声でそう答える。

このおやじ、元海軍一等機関兵曹（終戦時）、炭木正蔵《まさぞう》の戦闘配置は、軍艦「武蔵」、第三分掌区、第十一罐室操縦室伝令である。昭和十九年十月二十四日、彼の階級は海軍機関兵長で、炭木機兵長と呼ばれた。シブヤン海で「武蔵」が死闘を続けていたとき、彼はこの太い声で、第六罐室にあった罐部指揮所との連絡をとり続けた。

「おやじ、『武蔵』に乗っていたそうだね」

「へえ、そうです」

「『武蔵』は何十本も魚雷を喰らって、なかなか沈まなかったそうだね」

「へえ、右舷に八本、左舷に十三本、計二十一本ですかな……」

「爆弾もたくさん当たったんだろう」

「へえ、前甲板に十二個、後甲板に六個、計十八個だって、このあいだ飲みに来た防衛庁勤務の元士官の人が言ってましたがね。――わたしらには、何もわかりゃしませんよ。なにしろ、艦底の近くにもぐっていたモグラですからね」

「『武蔵』が撃沈されてから、もう何年になるのかな」

中年の客の声に、おやじは顔色を更めて言った。

「『武蔵』は撃沈されたんじゃありません……」

「そう、じゃ、どうして沈んだんだ?」

「自分で沈んだんです」

「ふうん、自沈かね、初めて聞いたね……」

「あの程度の被害で沈むフネ(艦)じゃありませんや。あたしゃ、あのフネの防御設備や防水区画というものをこの眼で見てますからね」

おやじの眼は、壁に張り出された戦艦「武蔵」の横位置写真に向けられていた。ボルネオのブルネイ湾で出撃を待っているときの写真である。長い前甲板、一五度ほど後方に傾斜させた煙突に特色をみせた世界史上最大の戦艦の姿である。近くに「扶桑」か「山城」らしい

んです」

「『武蔵』は最後まで浮いていたんです。それを艦底のキングストン弁をあけて自沈させた

戦艦の姿も見えるが、それが巡洋艦か駆逐艦のように小さく見えた。

――そのキングストン弁をあけたのは、おれなのだ……。

炭木元機兵長の胸に、あの日の重く暗い戦闘の様子が甦って来るようであった。

「キングストン弁て、何だね」

客の問いに、おやじはすぐには答えなかった。

あのキングストン弁をあけなければ、「武蔵」はまだ浮いていた。「武蔵」を沈めたのは、おれではなかったのか。炭木元機兵長の胸のなかに、いまもしこりを残しているのは、その思いだった。

二

十月二十四日、午前十時、炭木兵長は「武蔵」の右舷中部水線下、第十一罐室操縦室にいた。午前八時、「総員配置につけ！」のラッパによって、操縦室伝令の戦闘配置についてから約二時間が経過していた。

「対空戦闘用意！」

戦闘艦橋からのブザーが罐室に鳴りわたり、十数名の罐室勤務員は、緊張の度合いを高めた。続いて第六罐室にある罐部指揮所から、

「右舷前方より、敵攻撃機編隊接近中」

と、敵情が通報された。

――いよいよ始まるのだ。不沈艦と、航空部隊との決戦が開始される。しかし、よもや、「武蔵」が沈むことはあるまい。「武蔵」が撃沈されることがあれば、それは、帝国海軍の終末を意味するものであるからだ……。

炭木兵長は同じ操縦室内にいる第十一罐室指揮官の石橋上等機関兵曹の顔を見上げた。内務班では炭木たちの班長でもある石橋兵曹は無言であった。多くの戦いを経験し、艦が沈んで海面に漂流した経験も持つ石橋兵曹は、また別の考えを持っているのであろうか。

操縦室は、現今のテレビスタジオのモニター室のように、ガラス窓で仕切られ、隔壁には電話機、拡声器、信号機などがあり、炭木兵長が、それらによって罐部指揮所や艦橋からの指令や情報を中継し、それによって石橋兵曹が、第十一罐室を指揮していた。

「武蔵」には四本のスクリューがあり、十二の罐室のボイラーで醸成《じょうせい》された蒸気がタービンに送られ、スクリューのシャフトを回すようになっている。「武蔵」の機関科は四つの分掌区に分かれ、各分掌区が、三つの罐室と一つの機械室と一本のスクリューを分担するようになっている。海軍の慣例によって、奇数は右舷、偶数は左舷であるから、艦の中央軸線のす

ぐ右側に第一、第五、第九罐室があり、その後尾には第一機械室があって、ここのタービンが右舷内軸の第一スクリューを回すようになっている。これらを総合して第一分掌区と呼ぶ。

第一分掌区の外側には、第三、第七、第十一罐室と第三機械室より成る第三分掌区があり、右舷外軸のスクリューを回す。炭木兵長の所属する第十一罐室はこの第三分掌区に属し、罐室の外側はバルジと呼ばれる防水区画があり、その外は、厚いアーマー（装甲鈑）をへだてて海水と対していた。左右対称の形で、左舷にも同様に、第二、第四分掌区がある。

敵機来襲を目前にひかえて、「武蔵」は速力を第五戦速から全速に上げ、ために、罐室ではボイラーの圧力を上げるのに懸命であった。

「チリン、チリン……」

とベルが鳴って、艦橋からの信号機の針が「前進全速」を示す。

「前進全速！」

と伝令の炭木兵長がこれを呼称する。

若い噴火員の荻原上機（上等機関水兵）が、長い噴燃器《ふんねん》（バーナー）を燃えているボイラーのなかに挿入し、

「噴燃器よし！」

と唱える。すぐ隣りでは、

「分配弁よし！」

と他の機関兵が唱える。

「噴射始め！」

石橋班長の命令で、分配弁が開かれる。高度に熱せられた重油が、噴燃器のノズルから螺《ら》旋《せん》状に噴射され、噴霧状に旋回しながら、ボイラーの火焔のなかに吸い込まれてゆく。

このころ、艦橋から、

「敵機約五十、両舷から来襲、対空戦闘開始！」

という拡声器による放送があった。

「いよいよ来ましたね、班長！」

「うむ……」

大きな衝撃が艦体を揺るがせ、それが続いた。

「班長！　爆弾が命中したのでしょうか」

「いや、主砲の斉射《せいしゃ》だろう？」

九門の四十六センチ砲が一斉に発射を行なうと、露天甲板にいるものは、なぎ倒されるほど、爆風が強い。雷撃を避けるためか、艦はしきりに転舵し、艦体が左に、右に大きく傾く。

その動揺を全身でこたえながら、罐室では通風員や給水員、給油員などがボイラーの内部や計器を見守っていた。機械室のタービンに蒸気を送ったため下がっていたボイラーの蒸気圧が、徐々に回復して来る。

「蒸気圧よし！」

「第十一罐室蒸気圧よし！」

炭木兵長が第六罐室にいる罐部指揮官の分隊長にそう報告したときだ。巨大な音響とともに大気が揺るぎ、体が叩きつけられ、瞼の内部が真っ赤に灼けた。われに返ってみると、頭が痛い。隔壁の信号機に後頭部をぶつけたらしく、手をやってみると出血しており、信号機のガラスが割れていた。班長は、とみると、立っていたため脚もとを払われ、テーブルの上にはいつくばって体を支えていた。

「大丈夫ですか、班長！」

石橋兵曹はそれには答えず、テーブルに両手をつくと立ち上がり、

「魚雷命中だな。近い！」

と言った。以前に巡洋艦で雷撃をうけたときの体験から推したものであろう。

間もなく、艦橋から敵襲による被害状況の放送があった。

「ただ今の敵襲により、至近弾四発。魚雷一発、右舷側、第七、十一罐室中間付近に命中。関係各部、被害状況知らせ！」

炭木兵長は腕時計を見た。午前十時二十七分である。

——おれたちの罐室のすぐ脇腹だ。どうりでショックが大きかったわけだ……。

炭木兵長はやや落ち着くと、あたりを見回した。

隔壁の漏《ろう》水に最初に気づいたのは石橋班長である。

「おい、炭木兵長、水が漏れているぞ。ボロ切れと、クサビを持って来い」

「隔壁がゆるんだですね」

炭木兵長は他の罐室員とともに、ビーム（梁《はり》）と隔壁のすき間などにボロ切れやスパニヤーン（麻ひも）などを押しこみ、木製のクサビとハンマーでさらにこれを打ちこんだ。

このときの彼らの服装は、上下続きの白の煙火服（煙管服ともいう）を着用し、胸に「第十九分隊××機兵長、血液型A」というように墨で記した白い布の札をつけ、腰には止血桿《かん》と細引《ほそびき》をつけていた。止血桿は十センチあまりの木製の棒で、負傷した場合には、局部の心臓に近い部分を細引で縛り、その結び目をこの棒できつくしめあげる用途を持っていた。

「武蔵」の場合、内側の隔壁と外側の装甲鈑の間には、バルジと呼ばれる防水区画が仕切ってあり、第十一罐室の隔壁から浸水したということは、魚雷の爆発によって、バルジに水が入ったことを示す。

一応、隔壁のガタの来た部分をボロ切れで充填《てん》し終わったとき、スペア（予備）の通風員の遠藤兵曹が言った。

「班長！　ボイラーの裏側は大丈夫でしょうか？」

「うむ……」

石橋班長は、布切れからしたたる水を見ながら無言だった。

「武蔵」の罐室は二十畳敷きほどの広さがあるが、密閉式といって、ボイラー室と作業場は罐囲《がこ》いによって仕切られている。したがって、作業場は通風があって涼しいが、罐囲いの向こうはボイラーの熱気がそのまま空気を温めるので、気温は七十度に近い。ボイラーの裏側の隔壁を調べるには、その熱気に堪えて、ボイラーの下をくぐらなければならない。石橋兵曹には、誰に行けとは命令し難かった。

「班長、私が行きましょう。私はスペアですから」

戦闘配置には二直配置の全員が罐室に降りるので、スペアの作業員はすることがない。

「遠藤、行ってくれるか」

石橋班長は相撲の強い遠藤兵曹の盛り上がった胸のあたりを見た。

「行って参ります」

遠藤兵曹は、携帯電灯を持って、罐囲いに付いているマンホールをあけてなかに入った。内部はもうもうたる熱気である。ひょっとしたら、隣りの第七罐室が火災になって、その煙が洩《も》れて来ているのかも知れない。

遠藤兵曹は背中をボイラーの底にこすりつけるようにしてその下をくぐり、裏側に出た。携帯灯の明かりのなかに、隔壁の黒い鋼鈑が浮かび上がった。窮屈な場所を横にいざるようにしながら、仔細《しさい》に点検したが、異状はなかった。とくに灼けるのは唇である。焦眉の急ということばがあって、眉を焼くほどの緊急状態を示すが、この場合は額と、それに眼の玉が熱かったことを遠藤兵曹は後までも覚えている。

ボイラーの背後の隔壁がバルジの隔壁にあたるところで直角に折れると、すぐに水が手を濡《ぬ》らした。

「漏水だ！」

バルジに面した隔壁には、やはりガタが来ていたのだ。このままほっておけば、罐室は底から水びたしになり、作業ができない。遠藤兵曹は、ボロ切れとクサビを一緒に持参しなかったことを悔やんだ。熱気に堪えながら、ふたたびはい続けて、マンホールに首を出すと、

「班長、側面隔壁に浸水中」

と届けた。

外にひきずり出された遠藤兵曹は、額、頬、唇、それに手首と靴の上の足首の部分が火ぶくれになり、人相が変わっていた。

「よし、遠藤は休息。だれか布とクサビとハンマーを持って、補修に行ってもらわねばならんな」

石橋兵曹はふたたび、一同を見回した。

「班長、私が行きます」

「班長！　私が……」

若い噴火員や給油員が手を上げた。

「いや、ちがう……」

と遠藤兵曹が言った。

「班長、やはり私が行きます」

「いや、遠藤は手当てをしてくれ。これ以上火傷《やけど》をしたら死んでしまうぞ」

「班長、私はどうせ助からない。同じ死ぬなら、一人死ねばたくさんだ」

遠藤兵曹は、ボロ切れ、クサビ、ハンマーを入れた袋を腰に結びつけると、マンホールに頭を突っ込んだ。

「遠藤、気をつけてゆけよ」

石橋班長が、その背中を叩いた。

それを眺めながら、伝令の炭木兵長は一つの掌を思い泛《うか》べていた。幼く、小さな掌だった。下甲板の機関科各兵員室には、各人に小さなチェスト（衣服箱）がある。観音開きの扉が付いており、遠藤兵曹はその裏に一枚の手形を張りつけていた。昨年生まれた長男の掌に墨を塗って、半紙に押しつけたものである。普通なら妻と幼児の写真であるが、力士みたいに手形であるところが相撲部員の遠藤兵曹らしかった。

「これを手に塗ってやるとなあ、喜びやがって、畳やら、おやじの顔にくっつけるので、弱ったよ」

と彼は述懐していた。

遠藤兵曹は愛妻家だった。茨城県の郷里で結婚して呉軍港へ帰って来たとき、「おい、チョンガーたち、よく聞けよ、おれなんざ、新婚の夜からこちら、毎晩、侍《さむらい》の野宿だぞ」

と言って、兵長たちをうらやましがらせた。侍の野宿とは、一晩継続して睦《むつ》みあうことをいう。

——遠藤兵曹も、あんなに顔が火ぶくれじゃ、若い奥さんが気の毒だ。手形をくれた赤ん坊だってこわがるだろう……。

家庭を持ったことのない炭木兵長はそう考えながら、焦燥を感じた。

このいらいらした感じは、デッキ（砲術、航海など上甲板で働く兵科乗員）の連中にはわかるまい。フネは機関がなくては動かない。しかし機関科員は常に、水線下の地獄で静かな戦いを続けるのみだ。機関科員が上甲板に上がるときは、フネが戦闘力を失ったときに限られているのだ。

私（筆者）はかつて太平洋戦争の初期、昭和十八年四月の「い号作戦」で海面に撃墜され、アメリカの捕虜収容所に送られたが、ここで、「飛龍」機関科の乗員たちとめぐり会った。「飛龍」はミッドウェー海戦で最後まで勇戦した航空母艦であるが、その機関科員が、どのように力戦したかは、だれも知らない。「飛龍」の飛行甲板がめくれ上がり、炎上し、総員退去が命じられた後も、「飛龍」の機関科員の一部は戦闘配置を守っていた。

艦橋との連絡は断たれていた。

「『飛龍』ヲ処分スベシ」の長官命令によって、味方駆逐艦が魚雷を撃ち込んだとき、初めて彼らは事の重大さを悟ったのである。機関長以下五十名が、灼《や》けた鉄扉を打ち破って後甲板へ出ると、「飛龍」はすでに前部から沈みつつあり、海面上に露出したスクリューは斜めに天を指していた。機関員たちはカッターをおろし、海面にとびこみ、十五日間漂流した。五十名が四十五名に減り、そしてアメリカの駆逐艦に救助された。

機関長以下、彼らは口々に私に言った。

「デッキは実にひどい、散々働かせておいて、戦闘力がなくなったら、おれたちを艦底に閉じこめたまま魚雷をぶち込んだ。君は地獄の釜《かま》の音が鳴るのを聞いたことがあるか。おれたちはその音を聞いたんだ。一生忘れないぞ」

このことばは長く私の胸の底に残った。炭木元兵長に会ったとき、真っ先に浮かんだのはこのことばであり、私の機関科員への共感が、この小説を書かせたといってよいだろう。

長い時間だった。炭木兵長が、だれにもわかってもらえない焦燥に身をやいている間に、遠藤兵曹はマンホールをあけて出て来た。マンホールからは水蒸気が白く吐き出されていた。

「どうした、遠藤、ボイラーから蒸気が洩れているのではないか?」

「いや、班長。浸水した水が、熱気で湯気を上げているのです。でも、意外に熱くはなかったです」

蒸気にむせながら外へ出た兵曹は、背中がかゆいといって、若い水兵に掻《か》かせた瞬間、

「あ」

と顔をしかめた。

煙火服に小さな穴があいており、そこから入った熱気が、皮膚を焼き、その部分の皮がつるりと剝けたのである。

「班長、隔壁のガタは全部詰めて来ました。でも完全には無理ですね」

「うむ、まあ、ご苦労だった」

班長にねぎらわれて、遠藤兵曹は通風員の定位置にもどり、濡れたタオルで顔を冷やし、

「冷《つ》つう……」

と言った。

この間も「武蔵」は大きく転舵を続けていた。

三

午前十一時四十分ごろ、ふたたび上甲板に衝撃があり、また、艦体が大きく横揺れした。

「魚雷三本左舷に、一本右舷に命中。直撃弾二個。本艦傾斜左五度」

艦橋からは、このように上部の戦闘状況がアナウンスされ、しばらくして、

「本艦傾斜、一度にまで復原。戦闘航海に異状なし」

という艦の現状が流された。

魚雷は左舷三本のほか、右舷の第三罐室のサイドにも命中した模様である。第三罐室といえば、第十一罐室とは第七罐室を間に隔てているだけであるが、炭木兵長たちには気づかれなかった。彼らは、「死ぬのは一人でたくさんです」と言い残してボイラー室の奥に消えた遠藤兵曹の身を案じていたのである。

やがて、第六罐室の罐部指揮所から電話のブザーがけたたましく鳴った。

「敵爆弾、左舷中部、四番高角砲付近に命中！　中甲板、第十兵員室にて炸裂。第二機械室被災。機関科指揮所は第一機械室に移動。各罐室、被災状況を知らせ！」

電話の内容を石橋班長に伝えた後、炭木兵長は重い気持になった。第二機械室といえば、機関科全部の指揮をとる機関長中村大佐がいる機関科の頭脳ともいうべき場所である。

——戦闘一時間半にして、その頭脳が被災するとは……。これは容易ならぬ戦いになりそうだ……。

続いて、第一機械室からのアナウンスがあった。

「こちら機関長、こちら機関長。ただ今より、第一機械室において指揮をとる。本艦被災軽

微。上甲板では勇戦して敵機を撃退中。各員、安心して持ち場を守れ！」

やがて、第六罐室から詳しい被災状況の通報があった。

それによると第二機械室に火焔が侵入。同室上方のサイレン用蒸気管《くだ》及び、スクリューを回すタービンに蒸気を送る主《もと》蒸気管が弾片によって破壊された。このため高熱の蒸気が機械室内に充満し、火傷を負う機関兵が多く、機械の操作は不能に陥った。

この被害により、中村機関長は、第二機械室で回転をつかさどっていた左内軸スクリューの操縦を中止し、機関科指揮所を隣りの第一機械室に移し、ここから指揮をとることにした。したがって、午後十二時以降、「武蔵」は右舷二軸、左舷一軸の全計三軸運転となり、全速二十六ノット（一ノットは時速一・八五二キロ）となった。なお、この一弾により、左舷の第十、第十二罐室にも火焔が侵入し、第十二罐室は通風路が破壊され、熱気のため、ボイラー操作、蒸気汽醸《きじょう》（蒸気をつくる作業）が不能になったため、機関員は他の罐室に退去した。

防空指揮所の下の第一艦橋では、猪口敏平艦長自ら操艦して、航海長仮屋実大佐は見張りを兼ねて、艦長の魚雷回避を補佐した。猪口少将は「武蔵」着任前は砲術学校教頭を勤め、大口径砲の射撃に関しては、海外にも聞こえた大家であった。

猪口少将の弟猪口力平中佐は統率学を専攻し、兄とともに俊才として聞こえ、兄はチョコビン、弟はチョコリキと呼ばれた。兄弟ともに宗教に関心を持ち、猪口少将は全員集合艦長訓示の際は、禅宗の仏語《ぶつご》をまじえた精神訓話で乗員に異色ある感銘を与えた。

弟の猪口中佐は、私の海軍兵学校時代の戦術、戦務、戦史の教官で、講義の初めには明治天皇の御製を拝誦し、禅問答のように飛躍したボキャブラリーで講義をするので、生徒の評判は褒貶《ほうへん》半ばしていた。北条時宗が元寇のときに吐いたといわれる「莫《まく》妄想（妄想スルコトナカレ）」ということばを墨《ぼく》書した長い棒を常備し、居睡りをする生徒がいると、その棒で肩を一撃した。禅宗の座禅のやり方にならったものである。あるとき、居睡りの名人といわれる私のクラスメートの肩を一撃したところ、力があまりすぎて棒の先の部分が「莫」のところから折れ、「妄想」の部分だけが残ったのを私は記憶している。

艦底に近い第十一罐室の機関員たちは、転舵で傾く艦の動揺に耐え、また、艦が大きく横揺れするときは魚雷命中、上方に強い衝撃があったときは、主砲発射か、爆弾命中と決めて、

「班長、今のは爆弾ですね」
「いや、主砲だろう」
「でも、真上から垂直ですよ」

と討議を続けて不安をまぎらわせていた。そして、その底にいつもあるのは、「武蔵」は不沈艦だから、決して沈みはしない。したがって、艦底にいるおれたちも安全だろう、という信頼感であった。したがって、第二波で、第二機械室が被災し、指揮所が第一機械室に移るようなことがあっても、これは戦闘のつねと考え、持ち場を守っていたのである。

午後十二時十分過ぎ、三度《たび》、艦橋からの拡声器が敵の来襲を告げた。

「敵雷撃機、右前方より接近中」

「対空戦闘！」

「撃ち方始め！」

しばらくして、右舷前方に横揺れが感じられた。

「魚雷ですね、班長」

「うむ……」

石橋兵曹は無言のまま、隔壁の布片を伝って、床のグレーチングに落ちる水滴をみつめていた。

「ただ今魚雷が前部兵員室に命中。火災発生。前部各室被害状況知らせ！」

艦橋の拡声器が鳴り、「武蔵」は転舵を続け、床のグレーチングが盛り上がるように傾斜した。

数分後、拡声器は四度目の敵襲を告げた。

「敵約二十機、前方から突っ込んで来る！」

続いて転舵があり、グレーチングが大きく右に傾いた。前部に衝撃があり、横揺れが続いた。

「奇襲ですね、班長！」

「うむ、こちらへも来るかも知れん」

そのことばが終わりきらぬうちに、罐室内が大きく震動し、眼の前に大きな紅い花火が咲いた。

「来たぞ！」

先ほどからの横揺れ震動によって、命中を予期していた炭木兵長は、テーブルにしっかりつかまり、体が突き倒されるほどの衝撃に堪えた。この震動により、せっかく第一次攻撃のときにガタに詰めたボロ切れは全部脱落してしまった。そして、この一撃で第十一罐室は電灯が消え、二次電池の応急電源による薄暗い光線が室内を照らし、ボイラーの内部を監視するのぞき窓から洩れる明かりが、鬼火のように目立ち始めた。

罐部指揮所からのブザーが鳴った。

「ただ今の魚雷は第十一罐室側壁に命中した模様。被害状況知らせ！」

石橋兵曹の指令で、炭木兵長は指揮所に報告をした。

「第十一罐室、電灯が消えた。二次電源により、戦闘汽醸続行中、浸水やや増加しつつあり」

そのとき、

「班長、応急の詰め布がぬけました。ボイラー室の内部は大丈夫ですか」

顔を真っ赤に腫《は》らした遠藤兵曹が顔を出し、ビームの付け根からふき出す水の勢いを見ながら言った。

「………」

石橋兵曹はだまっていた。この男はまた、——死ぬのはおれ一人で十分だ——と言って、罐囲いをくぐって、熱気に満ちたボイラー室に入るつもりだろうか。もし、ボイラーにひびが入って、百度以上の蒸気が噴射したら、今度は火傷だけではすむまい。

「ボイラーのなかはいいから、こちらをやれ」

機関兵たちは、ふたたび隔壁のガタにボロ切れを詰める作業にかかった。

ボロを詰めるためクサビをハンマーで打ちながら、——こんなことをしても、また一発当たれば、みなふきとんでしまう。むだじゃないのか——炭木兵長はそう考え、

「班長、味方の飛行機は来ないのですかねえ」

と訊いてみた。

石橋班長はこわい顔をしていた。こんどの出撃に基地航空隊の護衛がつくかつかないかは、ブルネイ湾を出るまで、乗員たちの話題になっていた。裸のままでシブヤン海をぬけてレイテ沖へ突っ込むのか、それとも味方戦闘機の護衛の傘をかむってゆくことができるのか、それによって被害はぐっと違うのである。

そして、通信科の下士官と親しい班長は、今回は基地の航空機は全機敵空母の攻撃にあてられ、艦隊の護衛に回す余地のないことを知っていたのである。

四

しばらく、空襲が途絶え、転舵による傾斜もゆるくなったが、午後二時四十分過ぎ、艦橋からの拡声器がけたたましく鳴り、六度目の空襲を告げた。

「敵雷撃機多数、両舷より来襲！」

続いて、

「敵機多数、雷撃中、敵機多数！」

とあった。よほど敵機の数が多いらしい。傷ついた「武蔵」の止めを刺そうというのであろうか。艦は左右から衝撃を受け、連続して大きく震動を繰り返した。

「魚雷ですね、班長」

「うむ、こんどは数が多い」

班長は指を折って震動の数をかぞえた。十指に余った。これでも「武蔵」は大丈夫なのだろうか。突然、

「敵爆撃機、前上方より急降下！」

「敵機直上、降下して来る……」

そこで、大きな爆発音が拡声器を通じて操縦室内を揺るがせ、それきり第一艦橋との連絡

は絶えた。

「やられましたね、班長」

「うむ、艦橋に命中したらしい。艦長は大丈夫かな」

石橋班長も眉をくもらせた。

炭木兵長は、禅僧に似た艦長の面影を思い泛かべた。

艦長猪口少将の対空射撃訓練の熱心さについて、炭木兵長は興味ある現場をみている。

ブルネイ湾に碇泊しているとき、艦長は毎日のように、カッターを一隻、艦橋の下に運ばせた。カッターのなかには、航海長、高射長、測的長など、対空射撃と転舵回避の責任者が乗せられる。これに対して、第三種軍装姿の猪口艦長は銀色の棒で指示を与える。

「右前方四五度、雷跡、航海長どうする⁉」

銀の棒は雷跡を示すようにカッターの方を向いている。

「面舵……」

定石どおり航海長は、艦首を魚雷の方に向けて、魚雷を舷側通過させようと試みる。

「左前上方、爆撃機の編隊！　高射長どうだ」

「第二機銃群（左舷前部）撃ち方始め！」

「そら、左舷後部に雷撃機、航海長どうする？」

「とーり（取）舵……いや、この場合は面舵……」

「前上方と直上から爆撃機、前上方は遠く、直上方は至近、高射長！」

「一、三、五番高角砲、砲撃始め！　第三機銃群……」

「違う、第三機銃群が先だ。直上方はすぐ真上だ！」

という具合に、猛訓練を続けた。

――艦長や航海長、高射長は、あの訓練を生かして、対空射撃や魚雷回避に力を尽くしたのであろうが、今の爆撃で果たしてどうなったのか……。

炭木兵長が憂えていると、間もなく、拡声器が鳴った。こんどは今までとは別の声である。

「こちら、第二艦橋。ただ今の急降下爆撃により、第一艦橋に爆弾命中、艦長負傷。ただ今より副長、加藤大佐が指揮をとる。本艦被害概況。魚雷命中十本以上。爆弾直撃十発以上。航海長、高射長戦死。各部各配置、被害状況知らせ！」

ついに艦長が倒れたのだ。転舵による艦の傾斜は止み、速力計は時速六ノットを示していた。

「ずい分当たりましたね、班長。魚雷、爆弾で二十以上ですね」

「うむ、図体がでかいからな。まだ沈むことはあるまいが、速力が出ないと、つぎの空襲では、もっと被害が大きくなるな」

二人は二次電池の明かりのなかで、顔を見合わせ、そして沈黙した。

私は急降下爆撃機の操縦員であったが、瀬戸内海航行中の「武蔵」に対して、爆撃訓練を行なったことがある。高度八千から降下して、高度四百五十で引き起こし、退避する。このとき驚いたことには、高度六百まで降下すると、「武蔵」の艦影が、照準器一杯になってしまうことである。

普通は、照準器の内部に艦影があり、当日の風力、風向などを修正して、どこへ十文字の交点を指向したらよいかを決めるのであるが、「武蔵」は高度四百五十まで降下すると、艦影が照準器からはみ出すほど大きい。これなら、どこへ照準して投下索を引いても当たるわけで、こんなにデカいふねなら、命中率はよかろうと、搭乗員同士で語り合ったことがある。

私は、空母「飛鷹」に乗り組み、昭和十八年二月、い号作戦のため、トラック島の環礁に入港した折り、「大和」「武蔵」が並んで碇泊しているのを空中から見た。その威容に打たれはしたが、爆撃訓練をやってみると、思いは同じであった。これだけ大きければ、照準をはずす方がむずかしいのである。

シブヤン海に来襲した米艦載機が、どの程度の練度を持つパイロットを乗せていたかはよくわからないが、攻撃すれば、当然、その何パーセントかは命中するのであり、もし、その命中率を予想していながら、あの程度のアーマーで、不沈艦と誇示するのは早計ではなかったか、と考えるのである。

機関科指揮所からのブザーが鳴った。

「前部、中部、最上甲板、上、中甲板以下火災。全艦内一次電源切断。二次電池使用中。機関科各室、被災状況知らせ！」

これに対し、石橋班長は、

「第十一罐室、隔壁の浸水がひろがってゆく。こちらは、午前十時より二次電池使用中、その他異状なし。戦闘汽醸に差し支えなし」

と報告した。

それを電話でふきこみながら、炭木兵長は被災した上、中甲板の様子に思いをはせた。電話室、士官室、兵員室、中央高射員待機所など各施設が飛散し、各所に火災が発生し、艦内電灯はすべて消えて、応急用の二次電池による薄暗い灯火が、ひろがってゆく火焔を照らす。

「武蔵」の艦内はようやく地獄の様相を示し始めたのだ。この日は至近弾も多く、右舷第七罐室の舷側に続けて四発が落下したので、また魚雷命中かと、炭木兵長は、石橋班長と顔を見合わせたほどであった。

「班長、ずい分揺れますね」

「うむ、至近弾だな」

——大丈夫でしょうか、「武蔵」は……？

そう聞きたいのをこらえて、炭木兵長は、ビームの付け根やボルトの穴から漏洩する水をボロ切れで押さえる仕事を続けた。艦はいつの間にか停止に近い状態となり、空襲は止んだようであった。

「班長、前に傾いているようですね」

「うむ、前トリムだな」

話しながら、炭木兵長は、洩れてくる水を指につけてなめてみた。塩《しょ》っぱかった。シブヤン海の海の味であった。

炭木兵長は班長の命令で、第六罐室にある罐部指揮所に連絡をとってみた。

「指揮所……六罐……こちら十一罐。艦橋より何か連絡はないか、上部の状況知らせ」

折り返し、六罐の伝令の声が耳に伝わった。

「上部は魚雷、爆弾多数命中、各甲板火災。航海は不能なるも、高角砲、機銃は射撃を続行中。機関室は、第十二罐使用不能により機関員退去。第二、第四機械室操縦不能。機関長は、第一機械室において指揮をとりつつあり。本艦現在速力四ノット」

報告を伝えた炭木兵長は心配そうに班長の顔を仰いだ。

「班長、左へ傾斜しているようですね」

「うむ、二機室と四機室に浸水しているからな」

「本艦の注排水装置は完璧だと防御指揮官が言っておられましたが……」

「うむ、何発当たったのかなあ……」

二人は上甲板に上がって、艦の実態を確かめてみたいという欲求をお互いに押さえていた。

第十一罐室の浸水がようやく床にたまり始めていた。罐室の床はグレーチングと呼ばれる鉄板が敷かれており、その下はビルジ（油と水あか）のたまる空間になっており、その下の装甲鈑の下はもう海水であった。グレーチングにはマンホールがあり、それをあけるとキングストン弁がある。キングストン弁は、通常、艦を自沈させるときに使用されるもので、太いパイプの横に手輪《てりん》（ハンドル）がついており、これを回すと、パイプのなかで海水を抑えている鉄板が上がり、海水が噴出するようになっている。いま、グレーチングから下に洩れた水は、キングストン弁の根元を洗い始め、ちゃぶんちゃぶんという水音が聞こえ始めていた。

海軍に長年勤務した軍人でも、キングストン弁に触れることのできた人間は比較的少ない。私は少尉候補生のとき、この弁に触れる機会を得た。昭和十六年春、私は、戦艦「伊勢」の甲板士官を勤めていた。艦内を巡視し、艦の保全と軍紀の維持に勤めるのが、甲板士官の一つの任務である。ある日、艦内で一つの事故が起きた。高橋という若い機関兵が軍務のきびしさに堪えかねて、神経障害を起こし、罐室のマンホールをあけて、ビルジ室に逃げこんだのである。当直将校であった高角砲分隊長は、私を呼んで言った。

「副長のいわれるには、本艦の吃水がやや深くなっているように思われる。艦底に逃げこんだ機関兵が、万一キングストン弁をゆるめたりするようなことがあっては、本艦も危険であるし、その兵隊も生命が危ない。甲板士官は、専門の下士官とともに、艦底を探《さぐ》り、キングストン弁の状態を確かめ、その機関兵を連行するように」

若い少尉候補生であった私は、さっそく応諾したが、当惑した。飛行機志願で、早く飛ぶことばかり考えていたのであるから、戦艦の艦底などもぐったことがない。老練な運用科の下士官とともに、褌一本になり、腰にスパナ、ドライバー、細引、首にタオル、頭に鉢巻をまき、懐中電灯を持って、罐室のマンホールから下にもぐった。このマンホールが小さくて、当時八十キロあった私の胸がひっかかって、下へ降りられない。

「待っていて下さいよ、甲板士官……」

下士官の尾沢兵曹は、グリースをもって来ると、私の脇腹にぬりたくった。摩擦が少なくなり、私の体はつるりと艦底にもぐった。暗黒の世界である。地獄の釜の下のようなところに、大小のパイプが縦横に走っており、油に汚れたその肌が電灯の淡い光のなかに浮かび上がる。まず近くのキングストン弁を検《あらた》めたが異状はなかった。

「甲板士官、向こうですね」

作業灯を額につけた尾沢兵曹は、やせた体をくねらせて、交錯したパイプの間を縫ってゆく。

「おい、待ってくれ、尾沢兵曹！」

パイプの間に挟まれた私は、叫び声をあげた。

「ひっかかりましたね、甲板士官」

兵曹は、膝までつかるビルジのなかを歩いて来ると、私の体に粘《ねば》るビルジの液をぬりたくり、

「よいしょ」

とかけ声をかけて引っ張った。私は体をしめつけられ、絞《しぼ》り上げられるように感じながら、その空隙をくぐりぬけた。

「ビルジは別に増えていないようですな。副長の気のせいでしょう」

こうして、二人は艦底のパイプの迷路をさまよいながら弁のありかを探して歩いた。

艦尾のプロペラシャフトの下部にあたるあたりに、キングストン弁が一つあった。懐中電灯が、ビルジにさらされ、錆びた弁の表面を照らした。金属に当たった光線が鈍く反射し、その向こうに人間の顔があった。おぼろな光線のなかに浮いていたと言ってもよい。油にまみれ、頬のこけた機関兵が、若さを失い、老人のような姿でビルジのなかにうずくまっていた。彼が失踪《そう》してから二十四時間も経っていないのであるが、恐怖と不安がこうも人間を変貌させるものであるのか。

「おい、高橋。心配せんでもええ。先任伍長のかわりに来たんだ。腹が減ったろう」

兵曹がまずそう声をかけた。

「出て来い。だれもとがめはせん。副長も心配しておられるぞ」

私の声を聞くと、彼は、

「甲板士官！」

というと、いきなり、キングストン弁にしがみついて泣き始めた。彼が甲板士官を恐れ、連行を拒んだのか、それとも、キングストン弁をあけて艦と運命をともにしようとしたのかは明らかでない。明確なことは、弁は金属の板で縛《ばく》止され素手ではあかなかったことのみである。艦は沈没をまぬがれ、機関兵はバス（風呂）で体を洗った後、海兵団に送り返された。機関兵の処置がどうなったか、私は聞いていない。ただ、暗黒に近い艦底に、ぽつねんと存在していたキングストン弁の無気味な光沢と、せい一杯見開かれた機関兵の眼球が、私の記憶に残っている。

機関兵をつれて、もとのマンホールに戻る途中、私たちは道を間違えたとみえ、一つの空隙で、他の二人はくぐり抜けたが、私だけは肥満した胴体がひっかかって、ぬけられなくなった。二人がかけ声をかけて引っ張ってくれるのであるが、当時一メートル八センチの胸囲はどうしても穴を通過しない。私は半ばあきらめかけた。ひょっとすると、永遠にこの艦底で、キングストン弁と同居するのかも知れない。ビルジを呑み、ビルジのなかに沈むのである。すると、急にビルジの色と、キングストン弁の錆色が親しいものに思われ始めた。

そのとき、兵曹が言った。

「甲板士官、頭からじゃだめです。足からゆきましょう」

私は艦底に手をつき、足を空隙に突っ込み、上体の半ばをビルジのなかにひたした。

水と油の腐った臭いが鼻のなかを突き抜けた。二人は全力で私の足を引っ張り、私は辛うじて、その穴を抜けた。私の両脇《わき》にはパイプのささくれで削られた深いみみずばれが生じ、それにビルジが沁《し》みこんで、しばらくの間は、その鼠色が体からとれなかった。

炭木兵長は、キングストン弁にあたる波の音に耳を傾けていた。あたりは暗く、時間がたつのが遅かった。どうなるのだろう。沈むのか、それとも何とかして動き出すことができるのか。動かない船の艦底にいるほど不安なものはない。それが船を動かす機関兵の場合はなおさらである。炭木兵長をふくめて、十五名の機関兵は、それぞれの思いで沈黙を続けた。暗い灯火をみつめて、故郷の田舎を思い出すもの、あるいは呉の遊廓の一夜を連想するもの、消えてゆく人間の命の絆《きずな》を考えるもの、それらの思考の間を長い時間が通り抜けた。

猪口艦長が、肩の負傷に眉をしかめながら、「総員上甲板」を命じたのは、午後五時過ぎである。このころ、旗艦「大和」からは「全力ヲアゲテ付近ノ島嶼《とうしよ》ニ座礁シ陸上砲台タラシメヨ」という信号命令が伝えられていた。

しかし、もう、「武蔵」は自力では動けなかった。艦長は曳航によって、付近の島にのしあげることを考えていたが、左舷への傾斜はようやくはげしくなり、約六度に達していた。

いくつものラッタルを上がり、ハッチをあけ、上甲板に出た機関科員がまず気づいたのは、あたりの空気の色であった。朝からの射撃で、大気は茶褐色の硝煙の色が濃かった。そのなかに、上弦の月が西の空におぼろに泛かんでおり、それが硝煙で汚れてすさまじい色であった。前甲板が波に洗われているため、乗員は後甲板に集まって来た。

加藤副長は左舷への傾斜を復原するため、右舷罐室への注水を考えていた。第三砲塔の上に立つと、副長は叫んだ。

「第三、第七、第十一罐室に注水する。各受け持ちの機関科員は長以下一名の人員を派遣してキングストン弁をあけ、罐室に注水せよ」

その声を聞きながら、炭木兵長は、あたりの死骸に眼をやっていた。高角砲台、機銃砲台、それらの多くが爆撃のために形を変え、周囲には死体が散乱していた。にぎり飯を運ぶ途中、食罐をさげたまま死んでいる主計兵もいた。艦底にいた機関科員は、雷爆撃の音を聞いているだけで、上甲板の惨状には思いが及ばなかったのである。

「おい、十一罐室、だれかおらんか、キングストン弁をあけにゆく者は……二名でいいんだが……」

石橋班長が炭木らの集まっているところへ来て、声をあげた。

このときも班長はだれを、という指名をしなかった。沈んでゆく艦の艦底に近い罐室におりて、キングストン弁などをあけていたら、その間に艦は沈んでしまうかも知れない。やはり班長としては、死ににゆけとは命令できないのだろう。

炭木兵長はかたわらで呻吟《しんぎん》している遠藤兵曹をみた。顔の火ぶくれがひどくなり、顔とは思えない形になっていた。炭木は遠藤兵曹のことばを思い出した。

――死ぬのは一人でたくさんだ……。

しかし、こんどはおれの番らしい。彼は手をあげると言った。

「班長、私が行きます」

「炭木行ってくれるか」

「はい、こういう仕事は、柔道部員にまかせておいて下さい」

胸を叩《たた》いた後、炭木兵長はかたわらの荻原勘一上機水の顔をみた。彼とは一番気の合う若い機関兵である。

「おい、勘ちゃん、行くか」

「もちろんです、炭さん」

荻原はにやりと笑った。

二人は、スパナ、ドライバー、ペンチ、麻なわなどを用意すると、最後部に近い飛行機格納庫のハッチから下に降りた。いくつものラッタルを伝って下甲板に降りた。十一罐室へのハッチを探しながら、携帯電灯の輪を振ってゆくと、ときどき死体にけつまずいた。

「おい、ホトケ様を踏むなよ」

「はい、兵長」

艦は左斜め前に傾斜しており、歩きにくかった。やっと、第十一罐室のハッチがみつかった。あけてみると、不思議にも明かりがあった。他の場所は全電源がストップして真っ暗なのに、第十一罐室だけは、二次電灯がぼんやりともっていた。最下甲板のハッチからそれをのぞきこむと、月明かりを吸いこんだ古井戸の底をのぞくようで、底のグレーチングに自分の顔がうつるような錯覚にとらわれた。

最下甲板のハッチから、グレーチングまでは五メートルほどの垂直なラッタルがついている。垂直といってもそれは平時の話であって、このときは、艦の傾斜により、ラッタルは内側へ傾いていた。このモンキーラッタルと呼ばれる狭いはしごを降りようとすると、半ばぶら下がる形になった。それを耐えながら降りてゆくとき、炭木兵長の脳裡にあったのは、呉の弾通《だんつう》のネオンであった。呉には中通りという盛り場があり、本通りと中通りを横に結ぶ狭い小路にはカフェー、おでん屋、赤ちょうちんなどがひしめいていた。この狭い小路が、軍艦の弾薬を運ぶ通路に似ているところから、水兵たちは弾通と呼んでいたのである。

――弾通の「第二ぼたん」の蝶子というのが、おれの馴染みだったな……。

炭木は彼女の顔を思い出そうとしたが、急には思い泛かばなかった。

底のグレーチングに降りつくと、二人はマンホールの蓋をあけにかかった。マンホールといっても、丸い蓋ではなく、たたみ一畳敷きほどの鉄板である。なかなか重い。やっとこじあけると、丸い鉄の球状のものが、薄暗い二次電灯の明かりのなかに泛かび上がった。このなかに鉄の弁があり、かたわらのハンドルを回すと、その弁が持ち上がり、海水がふき出す。それがキングストン弁なのだ。

キングストンとは人の名前か、会社の名前か、炭木兵長にはよくわからない。この弁をあけるときは、この艦にとって、終末的な意味をもつのであり、今はこの弁をあけることが任務なのである。炭木兵長も、荻原上水も、この弁に触れるのは初めてである。いや、日本海軍広しといえども、実際にこの弁を自分の眼で見、自分の腕であけたものは、数えるほどしかいないのではないか。

「いよいよ、あけるんですか」

荻原上水は、油で汚れた軍手で鼻の頭をこすった。

「泣くな、柔道部員じゃないか」

二人は、ハンドルに手をかけて回そうとした。普通、海軍のハンドルは、ライトクロックといって、右回りに回せばねじがしまり、カウンタクロックといって、左回りに回せばねじがもどるようになっている。二人は艦底に降り、膝まであるビルジにつかりながら、ハンドルをカウンタクロックの方向に回そうとした。

「せえの！」

声を合わせ、力を合わせたが、ハンドルはびくともしなかった。

「錆びついているのかな」

荻原上水は、ドライバーでキングストン弁を叩いてみた。無気味な沈黙を破って、金属の音が響いた。その間にも、艦はゆっくり左への傾斜を増しつつあるようであった。生きて上甲板へもどり得る可能性は少なくなりつつある。

――待てよ、こういうときは落ち着くんだ……。

炭木兵長は、腰から携帯灯を出してキングストン弁の頭部を照らしてみた。

「なんだ。止め金が付いているじゃないか」

ハンドルとキングストン弁は、ブリキの薄い板で縛止されていた。かつては白く光っていたものが錆びて赤くなっているので、錆をこそぎ落とすと、鈍く光る地肌が現われた。

「よし、こんどはこいつだ」

荻原上水がペンチをとり出すと、ブリキを切りにかかった。錆のかけらがペンチの刃の間にはさまり、それが押しつぶされる音が聞こえた。ペンチの切れ味はよいようだった。ブリキの板片は切断され、水音を立ててビルジの上に落ちた。

「よし、本番ゆこうぜ」

ふたたび二人はハンドルにとりついた。しかし、ハンドルはギギときしむだけで、それ以上は動かなかった。「武蔵」が進水したのは昭和十五年十一月であるから、それ以来、わずかに四年経過しただけであるが、ビルジのなかにつかり切りなので、完全に錆びついてしまったのである。ときどき可動試験をやればよいのであるが、海面にあるときにそれをやれば、浸水してしまうから、ドックに入ったときに行なうより致し方がない。そして、その形跡はなかった。他の多くの部分は度々改装、手入れされたにもかかわらず、キングストン弁には誰も手を触れなかったのだ。

「武蔵」が不沈艦として信じ切られていたことは、この一事をもってしても明らかであった。しかし、何としても、今はこの弁をあけなければならない。この弁をあけることによって、艦の沈没が早くなるかも知れないが、それが命令とあれば致し方はない。

「よし、勘ちゃん、テコで行こう」

炭木兵長は荻原に合図をし、二人はドライバーとスパナをそれぞれ手輪《ハンドル》の放射線状金物の間にさしこみ、テコとして、回転を計った。

「せえの……」

「よし、動くぞ」

ハンドルはきしみながら回り始めた。二人は力を合わせた。ハンドルは回転を続け、突然、二人は叫び声をあげた。キングストン弁の頂部から水の柱がほとばしり出たからだ。「武蔵」は排水量約七万トン、それに浸水と注水によって一万トン以上の水を船腹にはらんでいると考えられる。海面にはそれだけの圧力がかかっているのであり、水はその圧力にふさわしい力で奔出を続けた。

「よし、全開しろ」

二人はさらに操作を続け、ハンドルは限度まで回り、弁は完全にひらき、水柱の直径はさらに太くなった。水柱はグレーチングの上部二メートル近くに至るまでふき上げ、グレーチング下のビルジ用空間はたちまち満水に近くなった。

「おい、早く出ようぜ。でないともろともにお陀仏だぜ」

二人は水に洗われたグレーチングの上で滑りながら、モンキーラッタルを求めた。ラッタルはさらに内側に傾斜しており、登ってゆくと、背面になり、ぶら下がって、天井を伝ってゆくような気がした。炭木兵長は、しきりに蠅《はえ》を連想していた。

――おれたちは、「武蔵」のなかをとびまわる二匹の蠅だ……。

他の第三、第七罐室でも、今ごろは何匹かの蠅が、艦底や天井にしがみついていることであろう。この蠅たちは、「武蔵」の傾斜を復原するため、今ごろは命令にもとづいて、各艦底のキングストン弁をあけ、海水の噴入を確かめた後、モンキーラッタルを伝って上甲板へ帰投の途中にあるであろうが、果たして右舷の三つの罐室に注水することが、艦を右舷に傾け、左右のトリムを水平に保つ手段として成功するであろうか。

あのままにしておけば、「武蔵」はまだかなりの時間浮いているであろうが、三つの罐室に注水すれば、傾斜を復原するかわりに、沈下を早めるのではないか。つまり、副長は、傾斜復原という名目で注水を命じたが、実際はもとの底では、「武蔵」をこの深海に沈めるつもりではないのだろうか。

短い時間の間にそのようなことを考えながら、炭木兵長は、ラッタルにぶら下がり、そして登る作業を続けた。

「熱《あつ》ちち……」

叫びとともに、荻原上水の体がずり下がり、その運動靴が炭木兵長の肩の上にずしりと重味をかけた。

「どうした！　勘ちゃん？」

「灼《や》けてるんです、炭木さん。上部は火災ですよ」

火災が最下甲板にひろがり、ラッタルの上の部分は熱しているのだ。

「熱くても登るんだ、もう、降りるわけにはゆかないんだぞ！」

「わかりました、炭木兵長」

気をとり直して、熱い手摺をつかみ直した荻原は、下の方をみると、急に涙声を出した。

「兵長、これで第十一罐室も見納めですね。ここが死に場所だといって、班長以下、訓練に励んだのに……」

「泣くんじゃない！　登るんだ！」

怒鳴りつけながら、炭木も下をみた。水は早くもグレーチングの上一メートル以上に達していた。

「急げ！」

ここで泣いていては、上甲板へ出るまでに艦は沈むかも知れない。炭木は、少し登ると、手にしたハンマーで荻原の尻をどやしつけた。

「はい、登ります！」

荻原の体が動き始めた。

最下甲板に出ると、火は左舷からこちらへ移動しつつあった。火は閉じられた防水扉のマンホールから、チロチロと蛇の舌のように炎の先端を見せ、灯火の消えた艦内通路をおぼろに照らし、散乱している死体の百態を浮かび上がらせた。

「おい、ホトケ様に気をつけろ！」

行きと同じことを言いながら、炭木兵長は、ラッタルを登り、通れるマンホールを抜けて後部へ急いだ。

艦はさらに左前方に傾き、死体は、行きよりも数を増しているように思われた。火傷や負傷のため、後部へ逃げる途中で、力尽き、倒れたものも多いのであろう。そして、その死体、すなわち戦友の遺体に対する感じ方も、行きとは違っているのに、兵長は気づいていた。行きには、ああ、こんなにやられていたのか、そして、いずれは、おれもこのようになるのか、と考え、走りながら、死体をまたぎながら、片手で拝む気持であったが、帰りはそうではなかった。多くの死体は、新しいものも古いものも、すべて物体と化したように思えた。

床や天井を這う火が送り火のように燃え、その火を炭木兵長は恐れていた。火が追って来る。戦友の人魂が追って来る……子供のとき、墓地で見た燐《りん》の燃える光が兵長の脳裡によみがえり、それが彼を後ろから突き上げ、兵長の歩みを早くさせていた。

荻原はどう考えているのだろう。この火がこわいとは考えていないのだろうか。行きよりも帰りが恐ろしいものだと気づいてはいないのだろうか。マンホールをくぐり、金属に膝をうちつけ、垂れ下がったビームに額を叩かれながら、炭木兵長の脳裡を流れていた考えはそれだった。

ようやく、飛行機格納庫へ登るラッタルを発見し、上に出ると、太陽が水平線に近づいていた。前よりも増えた負傷者を分けて、石橋兵曹を探し、炭木兵長は報告した。

「班長、第十一罐室キングストン弁全開してきました」

「ご苦労、火傷はなかったか」

その声で掌をみると、かなり火ぶくれができていた。

「勘ちゃん、お前はどうだ」

「やられましたよ、炭さん」

荻原上水の掌も赤く腫れていた。

「休んでくれと言いたいが、すでに総員退去用意の命令が出ている。早目に海中にとびこんで、木片をさがし、駆逐艦の救助を待つように」

石橋班長のことばで、左舷をみると、艦の左傾はさらにはげしくなり、すでに二〇度を越え、上甲板が海面に接近しつつあった。

――これでは右舷の罐室に注水しても、復原の役には立たない。むしろ、沈没を早める役を果たしただけではないのか……。

炭木兵長は、先ほどの予感があたったように思いながら、退艦の準備を始めた。

五

「総員退去用意」が発令されたのは午後七時十五分である。

このとき、炭木兵長と荻原上機水はまだ艦底の第十一罐室にいた。全乗員は後甲板に集合しつつあった。炭木と荻原は熱したモンキーラッタルをぶら下がるようにして登りつつあった。

二人が上甲板に出て間もなく、艦の傾斜は左三〇度に達し、やがて、「総員退去」が発令された。炭木が海へとびこむため、煙火服をぬごうとすると、かたわらにねそべっていた遠藤兵曹がとめた。

「おい、炭木、靴だけをぬいで、後は全部つけておけ、重油で皮膚をやられるぞ」

「遠藤兵曹はどうするんですか」

「おれか、おれはもういい。全身火傷だ。どうせ助からない」

兵曹の眼には覚悟の色が見えた。赤ん坊の小さな手形が眼に浮かんだが、問答しているひまはなかった。上甲板を洗っている海水のなかにとびこむと、

「できるだけ艦からはなれろ」

遠藤兵曹の声を後ろに聞きながら、炭木は懸命に泳いだ。

これが遠藤兵曹との別れとなった。

艦は左前方に傾斜を早め、スクリューを空中高く持ち上げると転覆した。大きな爆発が二回連続して起こり、多量の水蒸気が白い柱のように立ちのぼった。あまりはなれていないところから、これを眺めながら、炭木兵長はその白い柱を線香の煙のようだと思った。世界一の巨艦「武蔵」の最期をとむらうため、海神に捧げられた香煙であったのかも知れない。

「武蔵」沈没、昭和十九年十月二十四日、午後七時三十五分。沈没位置、東経百二十二度三十二分、北緯十三度七分、水深約八百メートル。


約七時間漂流の後、炭木機兵長は駆逐艦「浜風」に救助された。この後、コレヒドール島要塞駐屯《とん》を経て、台湾の高雄に上陸したのは年が明け、昭和二十年となってからである。炭木兵長は高雄警備隊に編入されたが、しばらくすると内地に送還され、新しい所属を待って

いるうちに、敗戦となった。

戦後は職がなく、郷里の埼玉から東京へ出て、銀座で屋台の飲み屋をやっていた。元来、魚が好きで、庖丁も器用に使えるので、この商売を続けることとし、屋台からバラックへ、そして、バラックから銀一横町の小料理屋へと昇格したわけである。


昭和三十九年十一月二十四日、戦後、初めての軍艦「武蔵」戦没者慰霊祭が、東京の靖国神社で行なわれた。執行会会長は「武蔵」の副長であった加藤憲吉元大佐である。

昭和四十六年四月九日から二十三日まで、二週間にわたり、フィリピン東シナ海方面、海上戦跡巡拝団が旧戦場を回って英霊をとむらった。使用客船は一万二千トンの「さくら丸」である。このなかにはシブヤン海もふくまれ、猪口艦長未亡人、加藤元副長をはじめ、旧「武蔵」乗組員の一部も参加した。炭木元機兵曹も参加したかったが、店を二週間も休むわけにはゆかないので、壁の「武蔵」の写真を見て我慢した。

やがて、巡拝団に参加した荻原元上機水が店に姿を現わし、シブヤン海では、猪口未亡人が花束を投げ、観音像を海底に沈めた、と報告した。そして、荻原は眼を輝かしながら言った。

「炭木さん、遠藤兵曹を覚えていますか?」

「遠藤兵曹?　ああ、第十一罐室のボイラーにもぐったあの豪傑か」

「そうですよ」

そういうと、荻原は扉の向こうにいる男女を手招きした。中年の女と若い男が狭い店のなかに姿を現わした。青年は体格がよく、七人で満員の店のなかでは窮屈そうであった。

「遠藤兵曹の奥さんと、息子さんですよ」

そういわれて、炭木元機兵曹は息を呑み、鰹の土佐づくりを作る手を休めて、青年の顔を見た。

――これがあの、「死ぬのはおれ一人でたくさんだ」といってボイラーの裏にもぐった遠藤兵曹のただ一人の息子なのか……。

「そうかね、あんたが遠藤兵曹の息子さんか……」

炭木の脳裡に、二十七年前の戦艦「武蔵」第十一罐室の薄暗い光景が甦った。それと同時に、遠藤兵曹が自慢にしていたチェストの裏の小さな手形が瞼のなかに浮かんだ。

「そうか、あの赤ん坊がこんなに大きくなったのか」

遠藤兵曹が生きていたら見せてやりたい、と考えたが、それは言わなかった。細君の方が泣き出すように思われたからである。いや、自分が泣き出すのを避けたのかも知れない。

「そして、今はどこに住んでるんだね?」

「はあ、神田に住んで、青果市場に勤めています」

「おう、何だ、あのヤッチャ場か。すぐ目と鼻の先じゃねえか」

太い声を出した後、おやじは青年に言った。

「あんた、手を出してみな」

青年の出した掌をみて、

「大きな手だな」

とおやじは言った。

「あの、お願いがありますが……」

と遠藤兵曹の未亡人が言った。

「なんです？」

「こんどの日曜がこの子の結婚式なのです。父親代わりに出席してやっていただけないでしょうか」

「ああ、父親代わり？　ようがす。何でもやります。遠藤兵曹のためなら……」

おやじは、パチンと一つ、大きな音をたてて、青年の掌を叩くと、手を離し、

「『武蔵』がまだ浮いているような気がする」

と言った。

「すみき」の止まり木に腰をかけて、炭木元機兵曹の話に耳をかたむけながら、私は一人の日本人を意識していた。

壁にかかっている「武蔵」の写真を眺め、私には私なりの感慨があった。昭和十四年秋、私は江田島の海軍兵学校の四学年生徒であった。このとき、初めて戦艦「大和」の上空を飛ぶ機会があった。呉軍港に近い広《ひろ》という町に航空隊があり、兵学校生徒はここで航空実習訓練を受けた。

私たちを乗せた機上練習機の操縦員は、茶目っ気の多い飛行兵曹であった。

「生徒、今日は『大和』の上を飛んでみせますからね、よく見ておいて下さいよ」

といって、実際に呉の第四ドックで建造中であった「大和」の上空を飛んでみせた。

私たちは、窓に額を押しつけて、その巨大な艦型に見入った。まだ砲塔も備わらず、艦は複雑な付属物を盛ったたらいのように見えた。

飛行場に帰ると間もなく、呉の鎮守府から抗議が来た。

「次回から、第四ドックの直上を飛行した場合は、撃墜する」という趣旨のものであった。これに対し、飛行長は、風に流された、というような回答をしていた模様である。

この後、爆撃訓練や、トラック島入港の際に、「大和」「武蔵」を見たのは前述のとおりである。

私はいつも上空からこの巨艦を眺めおろし、炭木機兵長は罐室のグレーチングに立って、下から眺め上げていたといえる。炭木氏は、「武蔵」は撃沈されたのではない、自沈したのである、という。彼のなかの帝国軍人がそう思わせたがるのであろう。

しかし、彼が遺族の話をするとき、彼の眼は戦友を憶《おも》う心にしめり、私は、そこに正《まさ》しく一人の日本人を感ずる。「武蔵」は多くの乗員をのせて、南海の底に沈んだ。しかし、日本人の心まで沈めることはできなかった、と言ってもよいのではないか、と私は考えている。

航空巡洋艦「利根」「筑摩」の死闘
豊田穣文学／戦記全集・第二巻　平成三年十一月刊

戦艦「金剛」主砲火を吐く
豊田穣文学／戦記全集・第四巻　平成四年二月刊

戦艦「武蔵」自沈す
豊田穣文学／戦記全集・第四巻　平成四年二月刊

NF文庫

航空巡洋艦「利根」「筑摩」の死闘

二〇一五年二月 十八 日 印刷
二〇一五年二月二十三日 発行
著 者 豊田 穣
発行者 高城直一
発行所 株式会社潮書房光人社
〒102-0073 東京都千代田区九段北一-九-十一
振替／〇〇一七〇-六-五四六九三
電話／〇三-三二六五-一八六四(代)
印刷所 慶昌堂印刷株式会社
製本所 東 京 美 術 紙 工
定価はカバーに表示してあります
乱丁・落丁のものはお取りかえ致します。本文は中性紙を使用
ISBN978-4-7698-2871-6 C0195
http://www.kojinsha.co.jp

NF文庫

刊行のことば

第二次世界大戦の戦火が熄《や》んで五〇年――その間、小社は夥しい数の戦争の記録を渉猟し、発掘し、常に公正なる立場を貫いて書誌とし、大方の絶讃を博して今日に及ぶが、その源は、散華された世代への熱き思い入れであり、同時に、その記録を誌して平和の礎とし、後世に伝えんとするにある。

小社の出版物は、戦記、伝記、文学、エッセイ、写真集、その他、すでに一、〇〇〇点を越え、加えて戦後五〇年になんなんとするを契機として、「光人社NF（ノンフィクション）文庫」を創刊して、読者諸賢の熱烈要望におこたえする次第である。人生のバイブルとして、心弱きときの活性の糧《かて》として、散華の世代からの感動の肉声に、あなたもぜひ、耳を傾けて下さい。